시와소금 시인선 · 088

시와소금 시인선 · 088

눈

강영환 외 127명

시와소금

　이 시대의 서정이 살아있는 시, 보다 젊고 새로운 시를 발굴하고 소개하는 《시와소금》에서는 올해도 『소금시-눈』 앤솔로지를 펴냅니다.

　2013년엔 〈소금〉을, 2014년엔 〈술〉을, 2105년엔 〈혀〉를, 2016년엔 〈살〉을, 2017년엔 〈귀〉를 테마로 소금시집을 엮은 바 있습니다.

　올해의 소금시집 주제는 우리 얼굴에서 소중한 존재인 〈눈〉으로 삼았습니다. 전국의 128명 시인이 눈의 존재가치와 눈여겨보지 못한 탓으로 빚어지는 소통 부재와 잘못을 여러 시선으로 짚어주었습니다. 작고 미미한 것, 아주 또렷한 것이라도 보는 이의 마음가짐에 따라 왜곡과 오해를 불러옵니다. 잘 본다는 것은 정말 어려운 일입니다. 많은 시인이 저마다의 시각을 통해 개성적인 세계를 보여주고 〈눈〉의 가치와 소중함을 다시 한번 일깨워주었습니다. 잘못 본 탓으로 소통 부재의 시대가 된 오늘의 아픔도 적확하게 진단해주셨습니다.

　이제, 시를 사랑하는 분들 앞에 『소금시-눈』을 선보입니다. 집필해주신 시인께는 고마움을 전해 올리며, 이 시집에 수록된 128편의 작품을 통해 부디 서로 소통하는 환한 세상이 만들어졌으면 좋겠습니다.

『소금시-눈』, 앤솔로지 발간위원회

|차례|

| 소금시 앤솔로지를 펴내면서 |

손가락 눈

강
영
환

다리도 없는 시퍼런 강 같은
눈 먼 어둠들이 질주하는
건널목 앞에 서서
손가락으로 길을 건넌다
주저하지 않고 발을 내딛는
보행은 어디에서 오는 걸까
손끝으로 두드리는 지상이 전해주는
답신을 따라 길이 열리고
믿고 가는 손 끝 밝은 눈앞에서
어둠은 빛이 된다 언제나
종이 위 흔적을 더듬어 끝내
천길 벼랑을 가는 눈이다
손끝으로 읽어내는 온기가
보이지 않는 점자책을 지나
사막을 건너가는 시퍼런 눈이다

강영환 _ 경남 산청 출생. 1977년 동아일보 신춘문예로 등단. 1980 동아일보 신춘문예 시조 당선. 시집으로 〈출렁이는 상처〉 외 다수. 시조집으로 〈모자아래〉 외. 부산작가상 등 수상.

소금시

고
정
국

밤의 눈

겨울 길고양이는
몸은 없고 눈만 있어

영하권 세상바닥
갓난아기 울음소리

까만 밤 폐가 지붕에
별이 두엇
멈추다

고정국 _ 1988년 《조선일보》 신춘문예 등단. 시집으로 〈서울은 가짜다〉〈탈옥을 꿈꾸며〉 등 다수가 있음. 이호우시조문학상 수상 등. 현재 월간《시조갤러리》 발행인.

어느 시인

고현수

사람이어서 죄인이겠다
저쪽을 보아서 이쪽을 보지 못했다
보았어도 외눈이었겠다
이쪽보다 저쪽을 아파했으니
그 저쪽
마음 가는 날 많았으니
이곳에 들꽃 지천이었겠다
들꽃 지천으로 흔들려
바람의 발가락 물들었겠다
그 사람
사람이어서 죄인이겠다

고현수 _ 2002년 《강원일보》 신춘문예 등단. 시집으로 〈흰 뼈 같은 사랑〉 〈하늘편지〉 〈포옹〉이 있음.

공
광
규

폭설

술집과 노래방을 거친
늦은 귀갓길

나는 불경하게도
이웃집 여자가 보고 싶다

그래도 이런 나를
하느님은 사랑하시는지

내 발자국을 따라오시며
자꾸자꾸 폭설로 지워주신다

공광규 _ 1986년 월간 **《동서문학》** 등단. 시집 〈대학일기〉 〈마른 잎 다시 살아나〉 〈지독한 불륜〉 〈소주병〉 〈말똥 한 덩이〉 〈담장을 허물다〉 〈파주에게〉와 산문집 〈맑은 슬픔〉이 있음. 윤동주상문학대상, 고양행주문학상, 신석정문학상 등 수상.

눈

구
재
기

두 눈을
뜨고 보이는 것은
반드시 사라진다

결코
두려워할 일이 아니다
다만 믿음이 보이지 않는
두려움뿐이다

두 눈에
보이는 것은 모두
내 소유만의 것이 아닌 것
돌아서다가도
뒤돌아볼 일이 아니다

그치지 않는
삶의 연습으로만
미리 보지 못하는 반복이
어찌 완성이겠는가
.
두 눈을
감고 나서도
보이는 것은 있다

구재기 _ 1950년 충남 서천 출생. 1978년 《현대시학》으로 등단. 시집 〈추가 서면 시계도 선다〉와 시선집 〈구름은 무게를 버리며 간다〉 외 다수. 충남도문화상. 시예술상본상. 충남시협본상 등 수상. 현재 40여년의 교직에서 물러나 〈산애재蒜艾齋〉에서 야생화를 가꾸며 살고 있음.

권
영
상

저울눈

저울에 눈이 있다.
누군가 총명한 눈을 거기 만들어 놓았다.

물고기 한 마리를 저울에 얹는다.

물고기 한 마리의 무게를
그 눈이 똑똑히 잰다.

2백 60그램!

이윽고 물고기 한 마리의 무게를
그 총명한 눈이 읽어낸다.

아무도 속일 수 없다.

권영상 _ 1979년 강원일보 신춘문예 동시 당선. 1991년 《시대문학》 시 등단. 동시집 〈엄마와 털실 뭉치〉 〈나만 몰랐네〉 등 10여 권 있음. 세종아동문학상, 소천아동문학상 등 수상.

눈 감아도

슬픔이 어둠보다 깊어지는 불면의 밤

빛 부셔
눈도 제대로
감을 수가 없었다

죽음은 두렵지 않다
눈으로 걷는 동안

칼바람에 말라가는 풀들의 울음으로
견디며 가야하는 소소한 일상인데

날개를 잃어버렸나
눈 감아도 환한 밤

권정희 _ 2015년 《시와소금》 봄호 신인상 당선 시집으로 〈별은 눈물로 뜬다〉가 있음. 2016년 천강 문학상 시조 대상 수상.

소금시

김
경
숙

실눈

　실같이 가느다란 눈길로 나는 여럿을 꿰맨 적 있다 눈꼬
리에 힘을 주고 처음에는 수선을 하겠다는 생각이었지만
여차하면 당신의 온 얼굴을 뚫고 들어가겠다는 뜻이어서
풀어도, 풀어도 풀려나오는 실꾸리에서 당신을 한 묶음 눈
빛으로 재려했다는 뜻이다 어딘가 숨어있을 매듭처럼 당신
의 엉킨 틈을 찾아내 풀어보려 했다는 뜻이다 따가운 바늘
귀에 무수히 찔리면서도 터진 눈물샘을 박음질했던 것은 질
끈 눈감아버리고는 아득한 사이가 되어도 좋겠다는 뜻이어
서 어딘가 엉킨 것이 분명한 실눈은 힘주어 감으면 뚝, 끊어
지듯

　눈곱처럼 부끄러운 눈물을
　송곳니로 똑, 끊는다

김경숙 _ 화천에서 태어나 서울에서 성장. 2007년 《월간문학》 등단. 시집으로 〈얼룩을 읽다〉 등. 한국바다문학상, 해양문학상 수상.

나무부처의 눈

동남아 어느 공항 면세점에서 샀지
마호가니 나무로 만든 부처의 얼굴
곱슬머리에 길게 늘어진 귀
눈을 내리뜨고 깊은 생각에 잠겨
보는 이의 마음까지 그윽하게 감싸주는
나무부처의 얼굴
서재 창가에 놓아둔 지
벌써 몇 해가 지나갔나
오늘따라 잘 풀리지 않는 글 쓰다가
한밤중 빗소리에 문득
창 쪽을 바라보니 나무부처의 눈
말없이 나를 마주 보고 있지 않은가 마치
오래 기다리던 눈길과 마주치기라도 한 듯
얼른 부처 앞으로 다가가
그 눈을 들여다보았지 그런데
형광등 아래 착시현상이었나 부처는
여전히 눈을 내리뜨고 있었지 어쩌면
내가 바라보지 않을 때만
나를 응시하고 있는 것 아닐까
이제는 쓰기 싫은 글 혼자 쓸 때도
콧구멍 후벼대거나 요란한 하품
삼가야 할 듯

김 광 규

김광규 _ 1975년 《문학과지성》 등단. 시집으로 〈우리를 적시는 마지막 꿈〉 〈시간의 부드러운 손〉 〈오른 손이 아픈 날〉 등 11권. 시선집으로 〈희미한 옛사랑의 그림자〉 〈누군가를 위하여〉와 산문집으로 〈육성과 가성〉 〈천천히 올라가는 계단〉 등이 있음. 김수영문학상, 편운문학상, 대산문학상, 독일 언어문학 예술원의 프리드리히 군돌프상 등 국내외 주요 문학 및 문화상을 수상함

소금시

김
광
순

눈썹 아래 작은 심장

불보다 더 뜨거워 수건도 사양할 만큼

이른바 풍경소리 눈물이 노크를 했다

소박한 기도로 우러난 눈썹 아래 작은 심장

김광순 _ 충남 논산 출생. 1988년 《충청일보》 신춘문예 당선. 시조집으로 〈새는 마흔쯤에 자유롭다〉 〈물총새의 달〉 등이 있음. 한국시조작품상, 대전문학상 수상.

눈물샘

자꾸만 헛보는 동공 눈물관이 역류한다

발꿈치 들고 서서 사방을 둘러봐도

막다른 바람벽인가 그렁그렁 앞을 막네

뜨겁게 녹이면서 뼛속까지 내려가면

어둠을 씻어내는 밝은 별 내게 올까

침침한 수정체 너머 마음으로 읽으라는

김덕남

김덕남 _ 2011년 《국제신문》 신춘문예 당선으로 등단. 시조시학 젊은시인상, 한국시조시인협회 《올해의 시조집상》 신인상 수상. 시조집 〈젖꽃판〉 〈변산바람꽃〉 〈봄 탓이로다〉가 있음.

김
도
향

당달봉사

손끝에 눈이
발끝에 눈이
지팡이 끝에 눈이
천 개의 눈으로 길 만드는
천수천안관자재보살이었나
당현종과 양귀비가
이승 저승 넘나들며
정을 통했던 귀성의 돌계단
한 컨 천 개의 손에
황소눈깔만한 눈알들
희번덕이며 섰던 심판관
지옥문까지 꿰뚫고
천리 먼 마음 속까지 꿰뚫고 있었나
죽어서까지 눈속임 한 엄벌
인당수에 몸 던진
심청이 낳았던 아비

김도향 _ 경북 군위 출생. 2017년 《시와소금》 등단. 시집으로 〈와각을 위하여〉가 있음.

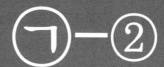

시인은

색안경을
벗어놓고
세상을 볼 일이다

스쳐 가는
바람의 말도
새겨들을 일이다

생각을
되새김질하여
가다듬을 일이다

김민정 _ 삼척 출생. 1985년 《시조문학》 창간 25주년 기념 지상백일장 장원. 시조집으로 〈바다열
차〉 외 7권. 나래시조문학상, 열린시학상, 한국문협 작가상, 철도시인공로상 등 수상.

김

선

사랑은 타이밍

그가 나를 보았을 때
나는 꽃을 향해 있고

내가 그를 보았을 때
그는 꽃을 향해 있었지

사랑도 타이밍이란다
상사화가 피었다

김 선 _ 본명 김선화. 2016년 《시와소금》 가을호 신인상 시조 등단. 젊은시조문학회 사무국장. 월간
《시조갤러리》 편집위원.

첫눈

소금시

김 수 복

길을 잃은 여행자들처럼
냇가 살얼음판에 엎드려
냇물 아래 새 세상을 보고
눈을 뜨고 살 것인지
눈을 감고 살 것인지
녹아 사라지는 제 눈도 모르고
악을 쓸 것인지
간밤에 내린 눈들이
흘러가는 제 눈들을 내려다보고 있다

김수복 _ 1975년 《한국문학》으로 등단. 시집으로 〈지리산 타령〉, 〈낮에 나온 반달〉, 〈새를 기다리며〉, 〈외박〉, 〈하늘 우체국〉, 〈밤하늘이 시를 쓰다〉 등등. 단국대 문예창작과 교수. 서정시학 작품상, 편운 문학상, 풀꽃 문학상 수상.

눈먼 현자

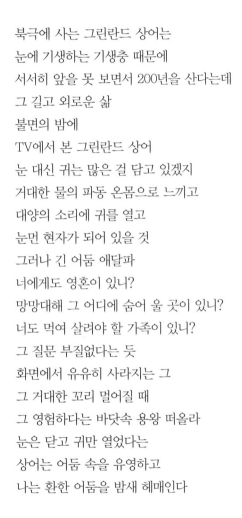

김순실

북극에 사는 그린란드 상어는
눈에 기생하는 기생충 때문에
서서히 앞을 못 보면서 200년을 산다는데
그 길고 외로운 삶
불면의 밤에
TV에서 본 그린란드 상어
눈 대신 귀는 많은 걸 담고 있겠지
거대한 물의 파동 온몸으로 느끼고
대양의 소리에 귀를 열고
눈먼 현자가 되어 있을 것
그러나 긴 어둠 애달파
너에게도 영혼이 있니?
망망대해 그 어디에 숨어 울 곳이 있니?
너도 먹여 살려야 할 가족이 있니?
그 질문 부질없다는 듯
화면에서 유유히 사라지는 그
그 거대한 꼬리 멀어질 때
그 영험하다는 바닷속 용왕 떠올라
눈은 닫고 귀만 열었다는
상어는 어둠 속을 유영하고
나는 환한 어둠을 밤새 헤매인다

김순실 _ 1998년 강원일보 신춘문예 등단. 시집으로 〈고래와 한 물에서 놀았던 영혼〉 〈숨 쉬는 계단〉 〈누가 저쪽 물가로 나를 데려다 놓았는가〉가 있음.

달을 바라보는 두 개의 눈

김
양
숙

　오래된 현무암은 어머니의 유기된 가슴입니다 구멍마다 녹슨 눈이 박혀 있고 구멍의 숫자만큼 버림받았던 시간을 부메랑으로 날립니다 어머니의 우기에는 골목마다 태어나지 못한 젖은 영혼이 넘쳐나고 늙은 바람이 꼬리를 길게 흘릴 때면 당신이 쓰시던 흘림체가 생각나지 않습니다 못다 읽은 어머니의 이번 생은 달의 뒤편에 속하게 됩니다 그러므로 어머니의 그림은 낭만에 머물 것입니다

　서로의 눈을 핥으며 아침 메뉴를 정하고 죽이고 살리고를 반복하는 밤이 지나면 싹둑싹둑 잘린 아버지 시간을 아침 식탁에 올리고 아버지 손에 감긴 어머니 머리카락에서 연기가 피어오르면 반야심경 속으로 들어가 머리카락을 밀고 나오시는 어둠 속에서 어머니가 주기적으로 머리카락을 그릴 수 있는 것은 낮 동안 받아 마신 빛이 검은 체액으로 흐르기 때문이지요

　달의 외연을 보고 함부로 아름답다고 말할 수 있는 것은 안쪽에 지닌 어둠 때문이지요 지금 보이는 것들은 어느 별에서 몇 광년 동안의 어둠을 건너온 빛일까요 빛을 받아먹고 구불거리는 혀로 서로의 등에 어둠을 새기는 빛에 집착하는 행성은 믿지 말아요 어머니
　건너야 할 바다가 체위를 바꾸고 있어요

김양숙 _ 제주 출생. 1990년 《문학과의식》 시 등단. 시집으로 〈지금은 뼈를 세우는 중이다〉 〈기둥서방 길들이〉가 있음. 한국시인상, 시와산문 작품상 등 수상.

김
완
하

화석

저 죽음의 순간까지
서로 손을 놓지 않은 힘은 무엇일까
마그마가 덮쳐 심장 태우는 순간
시뻘건 쇳물이 들이닥쳐
서로의 뼈 녹이는 불길 속에서도
더 굳게 껴안을 수 있는 것은

일그러진 고통 하나 없이
서로의 얼굴 마주 향한 채
영원히 풀지 않는 미소
천 년 어둠에 갇혀
켜켜로 쌓이는 그늘 속에서도
피와 살을 살라 내
뜨겁게, 더 뜨겁게 포옹하는 눈빛

김완하 _ 1987년 《문학사상》 신인상으로 등단. 시집으로 〈길은 마을에 닿는다〉 외. 저서로 〈한국현대시와 시정신〉 외. 시와시학 젊은시인상 등 수상. 한남대학교 국어국문창작학과 교수. 현재 《시와정신》 편집인 겸 주간.

눈[目]의 수난시대

김
임
백

결석結石 생긴 눈[目]에
한 방울 떨어뜨리니 쓰라리다
머릿속의 아픔은 생생한데
초점 잃은 동공에는
세월의 그림자만 아른거린다
문명에 시달린 훈장인가
눈시울 적시는 물방울 어찌하지 못하고
약해져 갈 때마다
세상이 흐려져 간다
보이는 것만이 전부인가
영혼의 눈으로 밝힐 수도 있음을
내 안에서 터득하느라 아팠다
허물 벗으면 흐린 날은 지워지고
밝은 세상만 보련다
빈 마음으로 하늘을 우러러
영롱한 빛을 보련다

김임백 _ 2014년 〈동아연합신문〉 신춘문예 시 당선

눈 속의 눈

내 눈에

주렴을 걸고
적막도
치고 살았으면

실눈에도

들이치는
날 선 파도 버거워

그대가
오시는 날만
활짝 걷어 올렸으면

김임순 _ 2013년 《부산시조》와 《시와소금》으로 등단. 시조집 《경전에 이르는 길》이 있음. 공무원문예대전 안전행정부장관상, 연암청장관문학상 수상.

눈[眼]

소금시

김
재
천

거울 속의 눈이 거울 밖의 눈과 얘기를 하는 중이오
눈과 눈은 서로를 알아보지 못하고 있소

왼쪽 눈이 오른쪽 눈을 바라보지 못하듯
서로는 아무것도 모른 채 있소

거울 속의 눈은 명상 중이오
거울 밖의 눈은 많은 사물들에게 얽매어 있소

보는 것은 어른이 보는 것이나
아이가 보는 것이나 다를 게 없어 보이나

보이는 것의 이름을 부르는 것은
어른이나 아이나 다르게 부르고 있다오

눈은 다 똑같으나 부르는 이름이 다른 것은
눈 속에 누가 살고 있기 때문이라오

눈 속에 살고 있는 이름을
나는 가만히 불러보오 오, 하느님

김재천 _ 충남 홍성 출생 2012년 《문학예술》 등단. 현재 (사)한국휴게음식업중앙회 선임이사.

소금시

김
정
미

스타벅스의 눈

내 생각의 눈은 빠-알-갛다
스타벅스에 앉은 노을처럼 빨개진 내 생각의 날개
나는 달리의 시계처럼 밤이 순해지기를 기다린다

달빛에 걸린 창마다
스타벅스는 어둠을 마시고
자동차는 눈동자를 깜빡거리고
거리 상점들은 토끼의 큰 귀를 닮은 눈을 굴리고 있지
달빛은 공처럼 둥글게 자전할 거야
거짓은 새빨간 사과가 될 거야
종일 귀를 연 창문은 희망의 노래를 기다리지

온통 눈을 둥글게 뜨는 저녁,
나는 스타벅스 한구석에 앉아
넘기는 책갈피마다 불온한 생각들이 깜빡거리지
거짓이 진실처럼 혼돈된 세상 한가운데서
길 잃고 엎드린 발자국들 속에 나는 끼어
진실의 뼈들을 찾아 맞춰야 해
희망을 붙들어야 해
오늘 밤, 스타벅스의 눈은
어두울수록 선명해지는 저 별의 눈동자들을 기억해야 해
순한 아침이 오기를 기다려야 해

김정미 _ 2015년 《시와소금》 시 등단. 시집으로 《오베로 밀밭의 귀》가 있음. 산문집으로 《비빔밥과 모차르트》가 있음.

눈접

김진광

어릴 때 아버지가 고욤나무에
감나무를 접하는 걸 보았다
중학교 농업시간에 찔레나무에
장미꽃을 접하는 걸 보았다
사람들이 관심 없는 부분의 뿌리가 되는 것은
꽃과 열매가 보잘 것 없어도
생명이 끈질긴 강한 놈들이다
땅에 뿌리를 박은 고욤나무와 찔레나무
튼실한 감 열매와 예쁜 장미꽃을 피우기 위해
쉼 없이 물과 영양분을 퍼 올린다
제 새끼가 아닌 줄 알지만 운명이라 한다
그래도 꽃과 열매를 보며 자랑스러워한다
눈을 보면 사물을 어렴풋 짐작할 수 있듯
눈이 잘 박혀야 제대로 된 과일나무고 사람이다
세파에 더럽혀진 아둔한 눈 뽑아버리고
떠도는 구름 같은 제 이름도 지워버리고
미련없이 자른 몸뚱이에 눈접을 하고 싶다
이 세상 깨끗한 눈(眼) 하나 만날 수 있다면

김진광 _ 1980년 《소년》(동시), 1986년 《현대시학》(시) 등단. 시집 〈시가 쌀이 되는 날〉 외 8권과 평론집 1권 등. 이육사문학상 외 다수 수상. 삼척 동해신문 논설위원, 시와소금 편집위원.

소금시

김
효
정

동굴의 눈

굵고 텁텁한 동굴을 비집고 살던 어느 오랜 부족은
스스로 빛을 발하기 위해 수천 번 별을 동공에 담아
허공에 쏟았을 것이다

오늘 태어난 아이야
투명하게 떨어뜨린 눈물에서 조차도
빛은 보이지 않는다

이 화려한 시대에서
무엇이 빛이고 무엇이 진실일까
무엇이 진실인 게 될까

먼 부족의 아이야
이 거대한 동굴 안에서
너는 어떤 눈을 하고 있을까

김효정 _ 부산 출생 2018년 《시와소금》 신인상 당선으로 등단

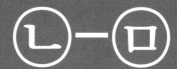

은자의 기쁨
— 자작나무 눈[眼]을 만나다

나
고
음

원대리 자작나무 숲
그 끝없는 직립 터널로 들어갔을 때
휘청,
놀라운 시선 응시하는 눈빛

자작나무 그루마다 하얀 얼굴에 갈색 짙은 눈이
긴 속눈썹까지 세워
일제히 나를 보고 있다
눈으로 듣고 눈으로 말하면서
가끔 고개 들어 하늘을 우러르고 있다

온몸이 눈이 되어 다 보고 들으면서도
잠잠한 눈매가 가을처럼 고요하다
은자隱者의 기쁨처럼
순하게 가려 산 세월이 준 선물

하늘에 닿은 가지가 서로 몸 기대어 가까워지는
숲속의 아침
짙은 눈이 더 짙게 깊어지는 시간
현자의 마음 같은 눈이
가라앉은 고요로 나를 붙든다

나고음 _ 2002년 《미네르바》 등단. 시집으로 〈불꽃가마〉 〈저, 끌림〉이 있고, 에세이집으로 〈26 & 62〉가 있음. 도자기 개인전 그룹전 다수. 서울시문학상 수상.

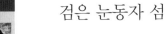

검은 눈동자 섬

남연우

티끌을 걸러주는 수초를 더러 헤쳐
반투명 호수를 건너가면
검은색 둥근 섬이 나란히 떠있다

붉은 해와 흰 달이 뜨고 지는 그 섬에
눈썹 깃털을 세우고
깎아지른 해안선 고목에 걸터앉은
야행성 맹금류가 산다

쨍쨍한 뫼르소의 햇빛으로부터 도피하여
차양막 그늘에 숨어든 눈빛이
선글라스 뒤편으로 은폐하는 생각
누가 탐문할 수 있나

이른 봄 고로쇠 수액보다 투명한 슬픔으로
가라앉는 섬
사랑을 키우는 동공 속에 천랑성이 빛나는 섬

보이지 않는 마음을 길어내는 우물
얼굴 깊이 파놓고
들여다볼 수 없는 자화상을
거울로만 비춰본다

남연우 _ 2017년 《시와소금》 신인상 등단. 시집 《아름다운 간격》 《세상에서 가장 빛나는 꽃》이 있음.

첫눈〔目〕에 반했다는 눈

노
혜
봉

첫눈에 반했다네요 두 눈이,
둘이 둘이, 눈이 번쩍 맞았다네요
그이 눈 안엔 내가 살고 있다네요
너는 물이야 물소리야 너한테선 늘 물소리가 들려
넌 흙이야 흙냄새야 네 입술에서 새뜻한 냄새가 나
너는 고운 물빛이야 반짝임이야 늘 파들거려
오래고 아주 오랜 후, 어느 날 밤, 심장 한 쪽,
몹쓸 병으로 넌 느닷없이 한 숨에 스러졌지
항아리에 뼈와 재 네 첫눈까지 가두고, 나무 밑에
이름들 꽃들 노래와 그림 사진들을 심었지
이따금 겹겹 사진을 아깝게 한 장씩 넘기노라면
이슬떨림 앞에서 머리칼 찰랑 사로잡힌 매혹!
설렘이 고스란히 눈 안에 깃든 눈으로 묻어났지
풀이파리 숨겨 둔 낙엽을 덮고 넌 곤히 자고 있었지
(물빛이 보여 반짝이는 파들거리는 물소리가 들려)
네 살 냄새 진땀 냄새 밤꽃 냄새가 콧등에 스치는데
햇봄 햇살 이마받이 꽃잎 눈 깊숙이 볼우물에 받아
연두 빛 눈엽 하나 하나 뾰조름히 나왔네
잎 잎자루 사이사이 감꽃송이들 담쑥 달렸네
잘 들려, 꽃목걸이 엮어 가지에 달랑달랑 걸어 줄게

노혜봉 _ 1990년 《문학정신》 등단. 시집으로 〈산화가〉 〈쇠귀, 저 깊은 골짝〉 〈봄빛 절벽〉 등이 있음.

려

원

착각

눈과 눈 사이 깜박이는 착각이 있습니다

착각을 눈물이라고 착각한 적이 있어
붉게 대답하는 습관으로 찡그립니다

거리가 뒷걸음질 칠 때
눈은 저 앞의 어디를 붙잡고 있을까요

충혈된 관계로 바라보다가
마주 보는 눈은 한 짝이 됩니다

시간이 지나면 반쪽만 보이고
서로의 착각을 거두어가는 시간이 올 것입니다
그때 타인은 새로운 착각을
흘겨보고 갈 것입니다

려 원 _ 2015년 《시와표현》 등단. 시집으로 《꽃들이 꺼지는 순간》 등이 있음.

소금시

만해마을

눈에 별이 돋아 마가목 숲에 갔습니다

캄캄해진 별들이
간간, 마음 떨굽니다

하늘엔
눈물 항아리

숨어 우는 것들이 묻은

류
미
야

류미야 _ 2015년 《유심》 시조 등단. 시조집 《눈면 말의 해변》이 있음. 월간 《공정한시인의사회》 발행인 겸 주간.

소금시

문
리
보

동박새

저어기 저기 동백 울타리 밑에
동박새 울어요
댕겅
단박에 져버린 동백꽃이 슬퍼서
찌이 찌이이 동박새 섧게 울어요
싸락눈은 싸라락 싸라락
매웁게도 날리는데
차마 못다 감고 간
이 붉디붉은 눈은 어쩌냐고
언 발을 총총 구르며
동박새 울어요
내 손으로 눈 감겨준 너는
거기에서 잘 있느냐
저 동박새 따라서
나도 울어요
후드득 후드득 나도 울어요

문리보 _ 2015년 《유심》으로 등단.

네 눈 속에서

네 눈 속에 바람이 일 때
그 바람에 밝은 깃발이 휘날리고 있을 때
네가 보아둔 그림 하나
느린 걸음으로 걸어 나오고 있었지

언젠가 비 맞으며 눈으로 들어갔던 그림이
이제는 몸피를 키우고
그 몸집에 무게와 빛깔을 붙여
이리로 걸어오고 있었지

오늘을 위해
모아 두었던 바람
네 눈 속에서 일 때
시간은 여러 방향으로 휩쓸려 날아다니고
이름 없던 그림자들이
시큼한 열매로 익어가고 있었지

문효치 _ 1966년 서울신문 및 한국일보 신춘문예 당선. 시집으로 〈무령왕의 나무새〉 〈왕인의 수염〉 〈별박이자나방〉 〈나도 바람꽃〉 등 13권. 동국문학상, PEN문학상, 김삿갓문학상, 정지용문학상, 한국 시협상 등 수상. 현재 계간 《미네르바》 대표, 한국문인협회 이사장.

소금북아이들·4

너무 짧은 소풍

임동학 동시집

반양장본 ㅣ 값 11,800원

임동학_경북 울진에서 나고 자랐으며 1998년에 매일신문 신춘문예에 동화가 당선되었습니다. 한동안 글을 쓰지 않다가 2015년에 《시와소금》, 《어린이문학》 등에 동시를 발표하면서 다시 글쓰기를 하고 있습니다. 지금은 경북 울진에서 초등학교 교사로 일하고 있습니다.

　임동학 시인의 동시집 『너무 짧은 소풍』에는 자연과 사람과 사물이 모두 서로 맞닿아 있습니다. 사는 일이란 이렇게 서로 어울리고, 조용히 스며들고, 동그랗게 껴안는 일이란 것을 자연스럽게 느끼게 해줍니다. 아이와 어른이 손잡고 가는 소풍처럼, 바다와 물고기가 서로를 품으며 사는 것처럼, 해와 달이 조용히 떴다 지며 자리를 바꾸는 것처럼, 바람과 나뭇잎이 스치는 것처럼, 굳이 아이와 어른을 가르지도 않고 읽는 이들의 마음에 잔잔한 감동을 줍니다. 임동학 시인의 훌륭한 동시집을 만날 수 있어 참 행복합니다.

－ 임복순 (시인·교사), 「작품 읽기」에서

• 24436 강원도 춘천시 충혼길20번길 4, 시와소금 ㅣ ☎ (02)766-1195, 010-5211-1195
• 전자주소: sisogum@hanmail.net ㅣ 다음카페: http://cafe.daum.net/poemundertree

깊은 눈

박노식

일생—生 별을 보고 별을 꿈꾸는 사람들은 눈이 깊지
자기 전부가 어두워져버리니까

아, 눈, 그 시린 거울 속으로 내려가 길을 나설 때

순간 몇 개의 별이 떠올라 나를 이끌어주었지

눈 깊은 김수영과 카프카와 고흐

이들 초상肖像 앞에서
눈을 맞추고 시를 짓고 늘 서성거리며 또 하루가 지나갔지

어느 날 간신히 빠져나온 탱자나무 울타리 밖,
긁힌 이마가 쓰려올 때

꿈같이 맑은 동공 속으로
머뭇거리던 시가 다시 들어오고
김수영과 카프카와 고흐의 눈이 외로이 들어앉고

나의 눈썹은 장미가시보다 뾰족한 그늘을 드리운다

박노식 _ 2015년 《유심》 등단. 시집으로 〈고개 숙인 모든 것〉이 있음.

박
민
수

눈물

어린 시절
어느 날 밤 먼 하늘
별들 떼 지어
툇마루 홀로 앉은 내 눈 속
아득히 몰려왔다

깊어가는 가을밤
마당가 돌 틈 속 귀뚜라미 울고
수많은 별들 문득 눈물이 되어
내 가슴 방울방울
어지러이 출렁이고 있었다.

오늘 밤 멀리 하늘 보다가
별 하나 반짝이는 모습 있어
문득 세월 잊고 가슴 깊이
그 별 다시 품어 본다.

그 별은 나의 별
문득 그리움의 반짝이는 눈물방울 되어
내 가슴 여전히 출렁이며
멈출 줄 모른다.

세월은 갔어도
그 눈물방울 언제나
따듯하다.

박민수 _ 1975년 《월간문학》 등단. 시집으로 〈개꿈〉 〈낮은 곳에서〉 〈잠자리를 타고〉 외 다수.

모과

박분필

하얀 눈 위에 반짝이는 샛노란 눈매 하나

흔들릴 때마다 숨구멍이 열리고 숨결마다 향기다

향기에는 저마다 그리움이 실려 있는지

만월 쪽으로 밀려가서는 더 아득해지는 눈빛

첫눈이 올 때까지 모과는 침묵에 들었던 걸까

모과가 침묵에서 깰 때까지 첫눈이 기다린 걸까

기다림의 시간을 지나서 같은 곳 함께 바라보는

너와 나 이제는 서로의 향에 익숙해진 풍경이다

박분필 _ 1996년 시집 〈창포잎에 바람이 흔들릴 때〉로 등단. 시집으로 〈산고양이를 보다〉 외 다수.
현재 《시와소금》 편집기획위원.

박
수
현

비문증飛蚊症

누가 내 눈꺼풀 뒤집어
두어 홉 맨드라미 씨앗을 뿌렸나
섬광처럼 반짝,
쉰내 나는 눈물 타고
망막으로 흘러든 비문非文의 그것들이
시신경줄 가닥가닥
까만 실뿌리를 내린다

반세기 전쯤의
어느 저녁 어스름 같은

박수현 _ 2003년 《시안》으로 등단. 시집 《운문호 붕어찜》 《복사뼈를 만지다》 등. 2011년 서울문화
재단 창작지원금 수혜

훈맹정음訓盲正音

거꾸로 찍어서야 바르게 읽어가는

손끝엔 눈이 있다 어둠을 밝히는 눈

아이는 여린 손끝에 눈물 같은 눈을 단다

점자를 훑어가는 저 여린 손가락

요철의 그리움이 문자가 되는 동안

빛은 다 귀가 솔깃해 손끝에 닿는다

마음에도 눈이 있다 느낌으로 닿아가는

훈맹정음 1학년 낮이 선 점자책을

손끝에 빛을 세우며 아이가 읽고 있다

박옥위 _ 1983년《현대시조》《시조문학》同時 천료. 1965년 《새교실》 시, 시조집 〈그리운 우물〉 등 11권. 성파시조문학상, 이영도시조문학상, 김상옥시조문학상, 한국문인협회자문, 한국시조시인협회 이사, 오늘의시조상임이사, 시와소금 편집자문, 이영도시조문학상운영위원 등

소금시

박
일
만

망막수술

수십 년을 낮밤 없이 혹사 시켰으니
당연한 처사겠다
건조하고 까칠한 속내를 보이더니
종내는 파업을 시도했다
제 몸을 가르고 피를 토하더니
딱! 문을 닫아 걸은 왼쪽 눈
좌이지만
좌편향도 우편향도 가리지 않고
기울기를 조절해 주던 눈
언제나 동등하게 나를 이끌던 네가
조용히 직장을 폐쇄했다
문 닫고 마음 닫은 속 깊은 불만
예고 없이 나를 안개 속으로 밀어 넣은 저항심,
노력봉사에 임금체불까지 겹쳤으니
나로서는 함구무언이다
속절없이 저물었으니 시름만 깊어진다
균형을 잃은 오른쪽 눈이 전력투구한다
그도 아프다

박일만 _ 전북 장수 출생. 2005년 《현대시》 등단. 시집으로 〈사람의 무늬〉 〈뿌리도 가끔 날고 싶다〉
등이 있음.

편광렌즈

내가 보는 세상 속으로 당신이 딛고 오는 만큼
눈부시기만 하던 내 동공의 홑겹을 벗는다
파도치던 파동, 뱀같이 회절하는 굽은 시선들
팽팽히 시위를 당기고
같은 곳을 바라볼 우리의 곧은 겹눈이 된다
부분일식처럼 서로를 겹쳐가는 동안
장막을 걷어낸 비밀스러운 우리의 세상이 열린다
혼자서는 불을 켜도 보이지 않던
물비늘에 가려진 물고기들,
함께 한 곳을 바라보는 동안만
허락된 세상이다

렌즈를 바꾸면 두리번거리는 동공
살다 보면 딴 세상도 궁금해 고개 돌리는 순간
서로가 서로에게 펼치는 장막의 블라인드
렌즈의 두 날개 속에는 밤과 낮이 있다

박정보

박정보 _ 대구 출생. 2013년 《시선》 등단. 시집으로 《아버지》가 있음. 삼척두타문학 동인 활동. 강원대 명예교수.

소금시

박
찬
일

갈릴레오 · 2

비 오는 날 안경을 닦는다.
불빛이 더욱 낮게 흔들리고
어두워진 골목에서
무심히 뜬 사물을 본다.
다시 젖는 잎사귀들.
살아 움직이는 이끼처럼
안경을 닦는다.

닦다가
망원경을 사서 로마의 추기경에게
권해 본다.
비 오는 날
지구가 태양을 돌아요.

박찬일 _ 춘천 출생. 1993년 《현대시사상》 등단. 시집으로 〈나비를 보는 고통〉〈나는 푸른 트럭을 탔다〉〈모자나무〉〈인류〉『북극점』 수정본〉〈중앙SUNDAY-서울 1〉〈아버지 형이상학〉 등이 있음. 유심작품상, 박인환문학상 등 수상. 추계예술대 문예창작과 교수.

안부

소금시

박
해
림

오늘도 바람이 몹시 붑니다만,
개의치 않고
자운영 흐드러진 들녘으로 향합니다만,
새를 앞세워
걷기 좋은 길을 만들고
서성인 마음 깊숙이
햇볕도 한 마장 들여놓습니다만,

구름이 다녀간 하얀 종이 위에
쉼표도 온점도 없이
당신을 또박또박 써 내려가는 내내
온종일 걸어도 걸어도
당신에게 닿을 수 없는 내내
하는 수 없이
문간 앞에
박새 발자국을 놓고 온 내내...

오래전 안부 한 장
눈[眼] 속에서 여태 흔들리고 있네요

박해림 _ 1996년 《시와시학》 시 등단. 1999년 《월간문학》 동시 등단. 2001년 서울신문. 부산일보 신춘문예 시조 당선. 시집 《그대, 빈집이었으면 좋겠네》 《바닥경전》 외, 동시집 《간지럼 타는 배》, 시 조집 《못의 시학》 《미간》 《저물 무렵의 詩》 등이 있음.

내 눈 속의 화실

배세복

어디로 갔나 그 사내
울긋불긋 화실 내팽개치고
문도 잠그지 않은 채
어디로 내뺐나 그 사내

못물 찰랑한 논바닥에 그의 다리가 붉은 물감을 풀었다
논 한쪽이 벌겋게 물들고 있었다 함께 뒤집힌 경운기에서
새어나오는 검은 기름이 그의 물감을 수면 위로 띄웠다 때
마침 물에 박힌 채 헛돌던 로터리 날이 그것들을 빠르게 저
었다 섞이지 않았다 마블링―물과 기름의 반발을 이용한 미
술 기법! 그의 추상을 이해하고 싶지 않은 나는 도화지로
그것을 옮겨낼 수 없었다

어디로 사라졌나 그 사내
섞이지 못하는 그림 한 점 남겨놓고
찍어내지도 않았는데 기억 위로 전시되는
검붉은 추상 덜렁 던져놓고
셔터를 아무리 눌러도 같은 장면만 반복되는
고장 난 만화경 속 사내야 아버지의 화실아

배세복 _ 2014년 광주일보 신춘문예 시 등단.

눈치
― 부부

백
성
일

하늘이 흐리고 내 육신의 관절이
쑤시고 저리면 비가 온다는
하늘의 마음을 모르는 일 없고
대문 지키는 똥개가 꼬리 살랑이며
반기는 이유는 배가 고프다는 것을
한 이불 덮고 살면서
이참에, 말은 말인데
내가 발바닥도 아니고
도갓집 강아지보다 못하다는 것은
어림 반 푼도 안 되는 이야기
절간에서 새우젓 얻어먹는 재주도 있다
옆구리 푹푹 찌르며 나무라지만
슬쩍 피하는 것은 무서워서가 아니고
지는 것이 이기는 것이기 때문에
속으로만 생각하고 모른척할 뿐이다
살다가 보면 귀찮아서도
귀찮은 것이 귀찮아서 침묵하는 것이다
개뿔도 모르면서,
그래도 눈치는 구단이다

백성일 _ 2017년 《심상》 신인상으로 등단. 시집으로 〈멈추고 싶은 시간〉이 있음.

소금시

달의 나라로 다시 눈을 돌려봐

백이운

사흘 낮 사흘 밤 뜬 눈으로 불 지펴도

내 시의 가마에선 구워지는 그릇 하나 없네

마음껏 달을 잊고 산 그 덕분 아니겠어.

백이운 _ 1977년 《시문학》 추천완료 등단. 시조집 《슬픔의 한복판》 《왕십리》 《그리운 히말라야》 《꽃들은 하고있네》 《무명차를 마시다》 《어찌됐든 파라다이스》가 있음. 한국시조작품상, 이호우시조문학상, 유심작품상 등 수상.

먼 기억 속의 눈

백
혜
자

홍역을 앓던 내 동생이 죽었다
겨울밤 엄마가 눈 떠보라고
울었다
아버지가 포대기에 싸 앉고 가서
뒷동산에 묻었다
그 날 이후 밤이 되면
어린 난 슬그머니 일어나
대문의 빗장을 열어놓고서야
잠이 들었다
몰래 뒷동산 길가에 신발도 놓아두고 왔다
잠자다 몇 번을 소스라치게 일어나
밖으로 나가보던 날들도 하루 이틀 멀리 가고
꼭 돌아올 것 같던 그 애는 오지 않는
내가 태어나서 처음 목격한 죽음
요즈음 가끔 그 애가
꿈속으로 아장아장 걸어와
해처럼 눈 뜨고
환하게 웃는다

백혜자 _ 강원 양구 출생. 1996년 《문학세계》 등단. 시집으로 〈초록빛해탈〉 〈나는 이 순간에 내가 좋다〉 〈저렇게 간드러지게〉 등이 있음.

복
효
근

나무의 눈

나무에겐 눈이 있다
꽃눈,
꽃이 눈이다
눈이 꽃이다
그러니까 눈은 꽃의 발화점
꽃으로 눈 떠서 꽃으로 말하고
꽃으로 피어나 꽃으로 타올라서
지상의 어두운 허공을 제 눈빛으로 채운다

나무에겐 눈이 있다
잎눈,
잎의 눈
잎이 눈이다
그러니까 눈은 잎이라는 날개의 발아점
잎은 먼 하늘을 향해 눈 뜬다
날개를 펼쳐 아침햇살에서부터 안드로메다 성운의 빛까
지 받아와
제 안을 밝힌다
나무는 죽어 장작이 되어서도
환하게 발화한다

근시에 노안이 겹친 데다가
안구건조증이 심한 내가
다음 생을 가끔 나무로 꿈꾸는 이유이기도 하다

복효근 _ 1991년 《시와시학》으로 등단. 시집으로 〈마늘촛불〉〈따뜻한 외면〉〈꽃 아닌 것 없다〉 외
다수. 편운문학상, 시와시학 젊은 시인상, 신석정 문학상 등 수상.

시와소금 시인선 · 038

소금시 혀

시와소금 엮음

신국판/ 264면/ 20,000원

혀를 테마로 쓴, 주옥같은 소금시 220편 !

❂ 올해 소금시집은 현역 최고령인 황금찬 시인의 '꽃의 말'을 시작으로 임동윤 시와 소금 발행인의 '마음그늘', 이영춘 박민수 서범석 윤용선 유자효 나태주 허형만 이사라 최영철 시인을 비롯한 전국의 시인 220명이 '혀'를 주제로 집필한 작품들이 실려있다. 시집은 시인들의 작품을 등단 시기별로 구분해 순차적으로 실었으며 많은 시인이 말과 상처, 맛과 사랑, 부드러움과 관능적인 다각도의 '혀'의 역할을 문장에 담았다. 혀를 잘못 사용하면 상처가 된다는 것도 단단히 보여줬다.

– 「강원일보」(2015.10.30.)에서

❂ 말과 맛을 관장하는 '혀'가 '시'가 됐다. 계간 시전문지 시와소금(발행인 임동윤)이 혀를 테마로 쓴 작품 240편을 한권으로 엮어 '소금시-혀'를 펴냈다. 2013년에는 '소금'을, 2014년에는 '술'을 테마로 시집을 엮었으며 올해는 '혀'를 주제로 시인 220 명이 참여했다.

– 「강원도민일보」(2015.10.31.)에서

· 발행처: 강원도 춘천시 충혼길 20번길 4, 시와소금사 (우. 24436)
· 편집실: 서울시 송파구 백제고분로45길 15, 302호 (홍주빌딩) (우. 05622)
· Tel: (02)766-1195, (070)8659-1195   · E-mail: sisogum@hanmail.net

이빨의 눈

하나씩의 눈이 달린 이빨로 혀를 더듬으며
혀지도의 맛을 읽어 본다

먼저 혀끝의 단맛봉오리를 핥아 본다
침이 고이고 매끈매끈하지
양옆의 신맛지형을 눌러 본다
왔다갔다 바쁜 눈들이 사막을 걷지
깊숙한 곳 쓴맛 계곡을 쏘아 본다
도달할 수 없는 절벽을 긁는 거지

청양고추가 들어오자 입 안의 모든 곳에서
땀과 눈물이 엉긴 매운맛을 곱씹는 게야
이 아픔의 감칠맛이
하나씩은 안 된다는, 최소한
'두 개로 똑바로 보라'는 태초의 말씀을 찾아

내 잘못은 보기 싫고
남 잘못은 잘도 보지
여자는 되고 남자는 안 된다고 우기고 싶지
내 눈 네 눈 모여서 우리 눈이야
한 눈은 고물상에나 팔아먹자 이거야

서범석 _ 〈시와의식〉 신인문학상(평론, 1987), 〈시와시학〉 신인문학상(시, 1995)으로 등단. 시집으로 〈풍경화 다섯〉 〈휠풀〉 〈종이 없는 벽지〉 〈하느님의 카메라〉 등이 있음. 비평집으로 〈문학과 사회비평〉 〈한국현대문학의 지형도〉 〈비평의 빈자리와 존재 현실〉 등이 있음.

소금시

서
안
나

소년 a

질문이었다
다시 보면 불타는 상자였다
하루에 두 번씩 부끄러워했다
스스로 뺨을 때리는 유형이었다
앞은 액체였고
뒤는 뒤돌아 갈 수 없었다

소년 a가 달리면
소년이 소년 속에서 부딪쳤다
배구선수처럼
두 손을 번쩍 들어
세계의 경멸과 부딪친 눈빛이었다
흰색은 그렇게 탄생한다

서안나 _ 1990년 《문학과비평》 등단. 시집 〈푸른 수첩을 찢다〉 〈룰롯 속의 그녀들〉 〈립스틱 발달사〉, 평론집 〈현대시와 속도의 사유〉, 연구서 〈현대시의 상상력과 감각〉이, 편저 〈정의홍전집 1.2〉, 동시집 〈엄마는 외계인〉이 있음.

눈물

소금시

손
석
호

화장터 가는 길

가파른 계단 귀퉁이
얼굴을 가두는 수반水盤

물속인데
젖지 않는 생각은 무얼까

저 밑바닥까지 가라앉았으면

언제까지
생의 표면 장력을 견뎌야 하는지

오래 지켜보던 구름
눈두덩 뒤편을 누르고 지난다

툭,

당신이 깨진다.

손석호 _ 경북 영주 출생 2016년 《주변인과문학》 신인상 등단. 공단문학상 최우수상 수상.

송과니

사랑은 눈 없는 동물

이 세상이 무얼 바치라 요구해오는가.
그래, 소소리 곰비임비 불보라 시울
본능은 뿔에게 눈을 반납하고,
여기다. 비로소 어찌할 작정이다.
보지 않아도 보이게 하는 눈깔사탕
삼키고 뿔은 충분히 자라 길이다.
낮과 밤의 어리석은 교차로 인해
끊어진 빛과 빛 이으며 사랑은 간다.
제2의 지구도 그 어떤 낭떠러지도
기탄잘리 가로막지 못하게 할 테다.
그럴 테다. 보지 않아도 보이는
뿔의 본능으로 마냥 질주하는 것
내 사랑은 눈이 없는 동물이다.
이랴, 소소리 곰비임비 불보라 시울!

송과니 _ 2015년 시집으로 등단. 2010년 수주문학상 대상 수상. 시집 《밤섬》 《내 지갑 속으로 이사 온 모티브》가 있음.

소금시

포자의 눈

송병숙

포자의 촉수 하나 손가락 끝에서 눈을 뜬다
무량의 어둠을 빨아들이는 저 눈 안의 눈
일몰의 바다가 둥그렇게 휘어진다
흰동가리를 데리고 수면 아래로 가라앉는 빛의 점멸
직선의 중력이 지배하는 한낮은 얼마나 무거운가
왜곡된 그림자를 한 국자씩 수면 위로 퍼 올리며
한 발짝 한 발짝 쌓아올린 빛의 제단에서
떨어져 나온 입자가 자기증식을 하는 모네의 손끝을 바
라보았다
시시각각 바깥을 허무는 빛의 위강胃腔
진화하는 빛깔과 빛깔 사이
오래된 지릿대가 우두둑 거린다
간절함으로 얽혀 종국엔 서로의 목을 옥죄는 씨줄과 날
줄을 극極이라 하면
허문 올 하나를 화和라고 하자
나선형으로 중심을 푸는 포자의 눈
어둠을 향해 컹컹 부르짖는
응시의 촉수가 휘영청 골목을 들어올린다
살과 뼈를 맞바꾼 빛의 파장이 우주의 페르소나를 흔들
어놓는다
시작은 늘 힘이 들었다
작은 것을 다해 *넓으나 드러나지 않는 우주의 간극이
번하다

* 君子之道, 費而隱

송병숙 _ 춘천 서면 출생. 강원대 및 동대학원 국어교육 전공. 1982년 《현대문학》 초회 추천부터
문학 활동. 시집으로 〈문턱〉이 있음. 원통중고등학교 교장 역임. 강원여성문학인회 회장.

송

진

눈
― 봄아이

이천 오백육십일 년 동안

발 씻지 않고

무명 이불 속 앉아 있던 수선화야

무성무취無聲無臭 연보랏빛 수선화야

이제 이르러

발 씻을 물

찾았구나

송 진 _ 1999년 《다층》 신인상 등단. 시집으로 〈지옥에 다녀오다〉 〈나만 몰랐나봐〉 〈시체 분류법〉이 있음.

눈깔사탕

신미균

주머니 속에 내 눈알보다 더 큰
사탕 두 개를 넣고
며칠 전 다툰 영희네 집
골목까지 갔다가
골목 안
전봇대까지 갔다가
전봇대 뒤에서 두근두근
백일홍 피어있는
파란 대문을 살짝 보니

영희는 안 보이고 영희네 이삿짐 실은
트럭만 횡, 떠나고 있었다

말도 꺼내지 못한
상처가 진득진득 녹아
눈 밖으로
흘러내렸다

신미균 _ 1996년 월간 《현대시》 등단. 시집으로 《맨홀과 토마토케첩》 《웃는 나무》 《웃기는 짬뽕》이 있음.

신 승 근

눈

그가 누군들
정면으로 두 눈을 바라볼 수
있겠는가.
그의 생애가 슬로우비디오로
다가오는 것을
어찌 뜬눈으로 견딜 수
있겠는가.
나 또한
허름한 생애를 디밀 수가
있겠는가.

신승근 _ 1975년 강원일보 신춘문예 시 당선. 1979년 《심상》 신인상. 시집으로 《언젠가는 저 산의 문을 열고》 외 3권이 있음.

눈볼대

신
진
련

손수레에 수미산을 쌓아 올리고
새벽 자갈치 길을 가고 있는
생선 상자 수리공 박 씨
간밤 늦게까지 마신 약주로
숙취가 가시지 않은 동공이
눈볼대 붉은 눈과 닮았다
제 집이 아닌 곳에 몸을 누이는 일이
뻐근한 뼈를 갖는다는 걸 알고 있는지
몇 잔 걸친 막소주를 깨려는 듯
좌판 위 눈볼대가
얼음물로 벌건 얼굴을 적시고 있다
떠나며 몇 번이고 뒤돌아 눈에 담아 둔 고향집은
무슨 수로 고쳐야 하나
바다 자국이 흐려지는
물고기 눈을 들여다보며
부서진 상자 집을 수리하는 박 씨
눈에서 흔들리지 않게 고향을 못질한다
아침마다 일출을 기둥 삼아
손수레 가득
수미산을 쌓는다

신진련 _ 2017년 《시와소금》 신인상 등단.

소금시

심
동
석

나쁜 눈

내 눈이 푸를 때에는
아부지,
아부지 손톱의 까만 때
누가 볼까 늘 가슴 졸였다

아부지,
아부지가 되어서도
수십 계절
강물소리 흐른 뒤에야

나는 흐린 눈을 닦고
또 닦는다
내 눈은
참, 나쁜 눈이었다고

심동석 _ 2013년 《문학시대》 등단. 강원문협 이사, 삼척문협 이사, 삼척두타문학 회원.

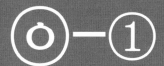

노안老眼

양
승
준

어쩌면 이제라도 가까운 곳부터 자세히 살펴보며 조심조심 살라는 뜻이 아니겠는지요 부디 서둘지 말고 천천히, 두 눈 크게 뜨고 조금씩 생의 흔적 지우면서 말년을 향해 가라는

돌아보면 제 지난날은 하루라도 빨리 벗어나고 싶었던 부끄러움의 역사, 새의 눈을 갖지도 못한 채 그때는 왜 그리 멀리만 보려 했을까요 그럴수록 저는 오히려 벌레처럼 좁은 시야에 갇혀 이 넓디넓은 세상을 감히 제 적면覿面*에 묶어두겠다며 온종일 가슴 졸이고 애태웠지만요

도수 높여 새로 맞춘 돋보기를 쓰며 새삼 노안에 대해 생각해보는 비 내리는 11월의 늦은 오후, 덩달아 제 저승길도 제법 환해진 듯합니다

* 적면 : 눈에 바로 가까이 보이는 곳

양승준 _ 춘천 출생. 1992년 《시와시학》 및 1998년 《열린시학》 시조 등단. 시집으로 《뭉게구름에 관한 보고서》 《슬픔을 다스리다》, 《적묵의 무늬》 시선집 《고비》가 있음. 현재 원주문인협회장.

소금시

양
영
숙

저기

굴뚝이 느리게 숨을 몰아쉬는
이마 위에서 흰 꽃이 날리는
울음이 불빛 앞을 서성거리는
구름에 가만 손을 얹어보기도 하는
사람들이 따라갔다 다시 돌아서는
생의 그림자를 길 위에 풀어놓는

하늘을 끌어당겨
휘어지는

저기 죽음의 방향을 봐!

양영숙 _ 2013년 《시와소금》 신인상 등단. 시와소금시인회 회장 역임.

흰색

소금시

염
창
권

눈동자가 돌아가
흰색 블라인드가 쳐진 후엔
너를 알아보지 못하겠지

잠잘 때
네 눈을 열어보고 싶지만
화들짝
들키지 않겠다는 듯
카메라 렌즈를 열고 있는
커튼 뒤

벽지에 피가 뿌려진 꿈에서 깨듯
바늘에 찔려
150의 당이 묻은 손가락 끝

그 달디단 몸에 참견 못 한다,
둘 사이에 놓인
흰 길,
아무리 걸어도
닿지 못할 거다.

염창권 _ 동아일보(1990, 시조)와 서울신문(1996, 시) 신춘문예로 등단. 시집 〈그리움이 때로 힘이 된다면〉〈일상들〉과 시조집 〈햇살의 길〉〈숨〉〈호두껍질 속의 별〉이 있음. 한국시조시인협회상, 중앙 시조대상 수상. 현 광주교육대학교 교수

오
세
영

눈물 · 2

물도 불로 타오를 수 있다는 것은
슬픔을 가져본 자만이 안다.
여름날 해 저무는 바닷가에서
수평선 너머 타오르는 노을을
보아라.
그는 무엇이 서러워
눈이 붉도록 울고 있는가.
뺨에 흐르는 눈물의 흔적처럼
갯벌에 엉기는 하이얀
소금기.
소금은 슬픔의 숯덩이다.
사랑이 물로 타오르는 빛이라면
슬픔은 물로 타오르는 빛.
눈동자에 잔잔히 타오른 눈물이
어둠을 밝힌다.

오세영 _ 1965–68년 《현대문학》 추천 등단. 시집으로 〈바람의 아들들〉 〈별밭의 도소리〉 등 다수.

가난의 눈

소금시

우
정
연

한생을 가난의 옆구리만 붙들어
말끔한 손은 허상을 잡는 일밖엔 모르고
구멍 뚫린 천정에선 줄줄이 비가 흐른다

세상의 이치를 다 아는 것처럼
수행의 경지에 다다른 것처럼
온유하다가도 때론 번뜩이는 눈망울로
먹이를 잡으려 달려보지만
그보다 한발 먼저 날아가 버린다

한생을 가난의 옆구리만 붙들고 살던 눈
소롯이 앉은 작은 텃밭에
호박 넝쿨 하나 영글어 가는 줄 모르고
풋풋한 남의 꽃밭만 흘끔거린다

우정연 _ 전남 광양 출생 2013년 《불교문예》로 등단. 시집으로 〈송광사 가는 길〉이 있음.

소금시

그대 눈 밖에 나지 않기 위하여

유강희

그대 눈 속을 눈처럼 걷겠어요
오늘 하루를 남김없이 다 바치겠어요
내겐 낙타 등에 숨겨 놓은 우물도 없어요
흙탕물 속에서 즐거이 뒹구는
지렁이의 마알간 미소도 없어요
금방 알에서 깬 새끼 거북이가 빛의
산란을 쫓아 무작정 바다로 나아가듯이
그대 눈 속 가장 밑바닥 눈물을 찾아
잘린 발 대신 개펄에 박힌 폐선의
오래된 배밑이로 그것만이 전부인양
그렇게 그대 눈 속을 종일 흐르겠어요
낮밤의 경계도 없이 물결의 혀처럼
그대 눈 속을 눈처럼 뜨겁게 핥겠어요
오, 뒤돌아볼 찰나도 없이 우주의
위험한 꽃이자 열매인 두 개의 눈이여
그대 눈 밖에 나지 않기 위하여
나는 기꺼이 그대 눈 속 최후의
한 방울 물이 되겠어요 먼눈이 되겠어요

유강희 _ 1987년 서울신문 신춘문예로 등단. 시집으로 〈불타운 시집〉 〈오리막〉, 동시집 〈오리 발에 불났다〉 〈지렁이 일기 예보〉 〈뒤로 가는 개미〉 가 있음. 현 우석대학교 교수

마주 보며 웃을 수 없는 사이

　오골계의 집에도 산그늘이 졌다 하룻밤을 보낼 자리를 잡고 다소곳이 앉은 어미의 하얀 깃털 속으로 태어난지 일주일 정도 지난 병아리들이 들어간다

　내가 다가가니 날개를 펼치며 경계를 하는 어미의 몸짓에 '뭐야 뭐야' 병아리들이 쏙쏙 깃털을 비집고 머리를 내밀어 나를 본다 땅에서 솟은 별들일까 서산으로 넘어가는 햇살보다 눈부신 빛을 본다

　병아리들의 눈망울에 혹여 두려운 빛이 감돌까 얼른 발을 놀려 거리를 벌린다

　너희와 내가 마주 보며 웃을 수 있는 사이라면 가축과 사람으로 만나지는 않았겠지

유승도 _ 1995년 《문예중앙》으로 등단. 시집으로 〈딱따구리가 아침을 열다〉 외 4권이 있으며 산문집 〈산에 사는 사람은 산이 되고〉 외 3권이 있다. 현재 영월 망경대산에서 농사를 조금 지으며 살고 있다.

소금시

유영화

아~ 못 말려!

울 할머니 아래 속눈썹
자꾸 눈을 찔러서
한 달에 한 번 뽑아야 해요.

눈 좋은 네가 좀 뽑아보련?

족집게로 살살 뽑아보지만
아 야야, 단번에 뽑아야지~

울 할머니 아래 속눈썹
너무 빨리 자라서
이번 달 또 뽑아야 해요.

이번엔 병원 가서 뽑자~

한 번에 쏙, 아~ 시원하다
"의사 양반, 그 족집게 하나 안 팔라우?"

족집게 팔라고 조르시는 울 할머니
아~ 못 말려!

유영화 _ 2018년 《시와소금》 신인상 동시 등단.

바로 보기

소금시

유자효

보는 것이 어렵다
바로 보아야
바로 생각하고
바로 말할 텐데
자꾸 시야가 흐려진다
바로 보기 위하여
마음을 비운다
바람아
나는 자꾸만 흔들린다
그러나 기어코 눈을 틔우기 위하여
오늘도 눈이 아프도록 보는 연습을 한다

유자효 _ 1968년 신아일보(시), 불교신문(시조)으로 작품 활동 시작. 신작 시집 〈꼭〉, 동시화집 〈스마트 아기〉 등 출간. 정지용문학상 등 수상. 구상기념사업회장.

달개비꽃

유
재
영

고향 울 밑 어디서나 피다 지는 꽃이 있다
헤어지고 오던 날 남겨 둔 하늘처럼
유난히 동맥이 파란 몸매 야윈 그 아이

소꿉놀이 지치고 흙담아래 주저앉아
그렇지 도란도란 눈도 멀고 귀도 멀던
살며시 단발머리에 얹혀주던 청보라

희미한 옛 시간도 꼭 쥐면 물이 들까
꽃 속에 있던 아이 어디에도 없는데
부르면 나올 것 같아 어린 날의 달개비꽃

유재영 _ 충남 천안 출생. 1973년 시 박목월, 시조 이태극 추천으로 문단에 나옴. 시집으로 〈한 방
울의 피〉 〈지상의 중심이 되어〉 〈고욤꽃 떨어지는 소리〉 〈와온의 저녁〉과 시조집으로 〈햇빛시간〉 〈절
반의 고요〉 〈느티나무 비명碑銘〉과 4인집으로 〈네 사람의 얼굴〉 〈네 사람의 노래〉 등이 있음.

내리 하는 말

윤
용
선

해진 양말을 깁고 계시던 할머니가
침침하니 잘 안 뵌다
바늘에 실 좀 꿰거라 하시면
그때마다 철부지 나는
왜 침침한 거야, 왜 안 보이는데 하며
꼭꼭 토를 달곤 했다.
그러면 할머니는
이 할미만큼 살아보면 알게 된단다
고 녀석도 참, 하시며 혀를 차셨다.
하루는 손거울을 들고 장난치는 손자 녀석에게
거기 뭐가 보이길래 낄낄거리느냐니까
이번에는 손자 녀석이
할아버지, 아무것도 안 보여? 정말? 하며
한참 한심하다는 투로 빤히 쳐다본다.
눈에 보인다고 그게 다가 아니란다
이 할애비 만큼 살아보면 알게 된단다.
할머니가 내게 하셨듯 내리 말해 주는데
녀석도 언젠간 이말 알아차리고 내리할까?

윤용선 _ 1973년 강원일보와 《심상》 등단. 시집으로 〈가을 박물관에 갇히다〉 〈꼭 한 번은 겨자씨를 만나야 할 것 같다〉 〈사람이 그리울 때가 있다〉 등이 있음. 현재 시와소금 편집자문위원으로 있음.

소금시

윤
향
기

두 눈을 가린 말

풋풋한 날들의 달달한 디저트 한 소절과
가장 눅눅한 날들의 작은 죄 한 조각은
시퍼런 강물을 건널 수 있는 채찍이었다

암흑 속에서도 제 앞발을 이정표 삼아
자신에게 이르는 길로 자신을 달리는 사람아

여기쯤 이순耳順인가, 바람 숭숭 뚫린

울고 있는 백팔번뇌의 어린 그림자에 귀의하고
지글지글 나를 비춰주던 청천靑天햇살을 닦아내자
시간의 바깥에서
내 안의 나를 더욱 환하게 밝혀주는 두 눈

부끄러운 세월을 한꺼번에 바라보게 하는
저것은
드높은
진신사리다

윤향기 _ 1991년 《문학예술》로 등단. 시집으로 〈피어라, 플라멩코〉 외 5권. 에세이집으로 〈아모르
파티〉 외 10권. 평론집으로 〈나는 타인이다〉 외 2권. 현재 경기대 대우교수.

맹인盲人

이
강
하

깜깜하지 않아, 나는 항상 바깥이었으니

내 바깥은 신비롭고 화창해
기차를 타고 가는 기다란 호수 같아
멀리 여행을 가고 싶어, 하고 노래 부르면
물결을 타고 오르는 싱싱한 배 한 척
그러나 완벽한 항해란 쉽지 않아
공연을 실수 없이 마치는 것처럼
목덜미를 스치는 그 무엇도 놓쳐선 안 돼

허공의 길을 더듬어 몸을 휘는 나무들
울퉁불퉁 걸음은 매초 근엄하고 신중하지
나는 슬픔을 모르는 볼록한 잎눈
어느 지팡이 미래를 연구하는 점자가 되지
어둠으로 이어지는 저녁의 길 끝, 저쪽을
훤히 열어놓고 나는 밤에도 걷지

두렵지 않아,
내 몸속에는 거대한 지도가 움트고 있으니

이강하 _ 2010년 《시와세계》 등단. 시집으로 〈화몽(花夢)〉〈붉은 첼로〉가 있음.

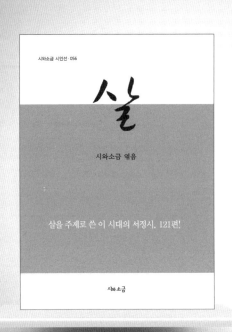

■ 시와소금 시인선 · 056

참으로
다양하게
풀어낸

서정시
121편

시와소금 간 / 값 15,000원
춘천시 충혼길20번길 4, 1층
☎ (033)251-1195

국내 최초로 「살」을 주제로 엮은 단행본 시집

'살'을 바라보는 시인들의 시선은 어떨까. 계간 시전문지 시와 소금(발행인 임동윤)이 '살'을 테마로 쓴 작품 121편을 한권으로 엮어 '소금시-살'을 펴냈다. 2013년에는 '소금'을, 2014년에는 '술'을, 지난해에는 '혀'를 테마로 시집을 엮었으며 올해는 '살'을 주제로 도내 시인 25명을 포함해 121명이 참여했다. 시인들은 때론 따뜻하고 때론 쓸쓸한 시어들로 우리 몸, 삶 속의 '살'을 다각도로 표현하고 '살'의 존재가치에 대해 되돌아보기도 한다. 각 시에는 독자들의 이해를 돕기 위해 박명숙, 박해림, 서범석, 임동윤, 전기철 시인이 참여해 해설을 더했다.

— 강원도민일보, 안영옥 (2016.11.11)

ㅎ-②

아이의 눈

소금시

이
기
철

아이의 눈을 보며 말한다
그 안에 하늘이 들어있네
그 속에 시냇물이 흘러가네
그 반짝임이 이슬같이 깨끗하네
그것은 삶이 아름답다는 거야
그것은 삶이 거룩하다는 거야
아무도 세상을 더럽다고 말할 권리가 없어
아무도 세상을 비난할 자격이 없어
네가 숨 쉬고 있는 한!

이기철 _ 1972년 《현대문학》 등단. 시집으로 《청산행》 《흰 꽃 만지는 시간》 등 다수.

소금시

이
병
곡

시선

어둠 속에서
정돈되어 나오는 소리여야 하고

심연에서 솟는
부끄러워하는 물이어야 하며

바람처럼 순결한 영혼을 가져야 하고
땅처럼 침묵하는 결기가 있어야 하리

보이지 않는 세계를 허덕거리며 찾아다니고
잡히지 않는 상상을 죽도록 따라가야 하며

보는 것이 아니라
조용히 듣는 것

이병곡 _ 2010년 《시평》으로 등단. 시집 〈풀의 눈물을 보았다〉가 있음. 시와소금 기획위원. 밀양문
학회 회장.

봄의 눈

2월이 저물어 가고 있다
텅 빈 듯한 숲을 들여다본다 무슨 소리가 들린다
귀를 기울이다가 깜짝 놀란다
겨울바람에 얼어붙은 줄로 생각했던 나뭇가지들
모두 나를 보고 있다 동그란 눈들을 반짝이며
내 눈을 들여다 보고 있다
떡갈나무 산 벚꽃나무 층층나무 으아리나무들,
나무들에게 눈이 있음을 잊고 있었다
봄이 오고 있음을 미처 몰랐다
나무들의 눈은 봄의 눈이었다
내 안에 가득 희망이 부풀어 오른다
너무나 차가웠던 겨울, 내 온몸이 얼어붙었던 계절
나무들이 보내오는 따스한 기운으로 내가 따스해진다
둔탁해졌던 머릿속에 시詩가 떠오른다
아, 이야기가 하고 싶다 나무들에게 내 슬펐던 이야기를,
초록빛 눈들을 반짝이며 그들이 내 눈을 들여다본다
눈물을 씻어준다
나뭇가지에 맺힌 이슬로 내 아픔을 씻어준다

이
보
숙

이보숙 _ 서울 출생 1992년 《문학과창작》으로 등단. 시집 〈새들이 사는 세상〉 〈코코넛 게〉 〈목련나무 어린 백로〉 〈훈데르트 바서의 물방울〉 이 있음. 시인들이 뽑는 시인상 수상.

소금시

이
사
라

눈물

눈물은 신이 주는 것

흐릿한 유리창 너머 당신이 있어
눈물로 닦아내야 당신을 볼 수 있어

가만히 돌아보는 생은 미끈거리지도 않았지만
팍팍하지도 않았지

당신이 눈을 뜨면 내가 눈 감고
내가 눈을 뜨면 당신이 눈 감는

꼭 그만큼의 눈물이 길을 내주고
꼭 그만큼 사랑했던 거야

그래서 한 세상
두 줄기의 빛처럼 우리 반짝였지

이사라 _ 서울출생. 1981년 《문학사상》 등단. 시집으로 〈시간이 지나간 시간〉 〈가족박물관〉 〈훗날 훗사람〉 외 3권. 대한민국문학상 수상. 현 과학기술대학교 문예창작학과 교수.

소금시

바퀴 달린 거울

이
사
철

 얼굴에서 조금 떨어진, 아주 많이 떨어진, 아득하게 지워
져 버린 것들을 본다

 검게 혹은 희게, 가슴에서 조금 밀려난, 아주 많이 밀려
난, 까마득하게 사라져버린 것들을
 읽는다

 차게 혹은 뜨겁게
 ○-○에 든
 ○-○밖에 난 모난 그림자들

 버린다. 없앤다. 검게도 희게도 아니고, 차게도 뜨겁게도
아니고, 흐려지면, 가버리면, 식으면 이동한다. 얼굴 바깥으
로, 가슴에서 아주 멀리 반짝하게,

 지워진 것들 번쩍 눈을 뜬다

이사철 _ 2015년 《시와소금》 등단. 시집으로 《어디꽃피고새우는날만있으랴》 《눈의 저쪽》 《멜랑코
리사피엔스》가 있음. 시와소금 기획위원

이
서
빈

눈알로 수도하는 절간 고양이

천궁 속 갇혀있던 푸른 별 두 개

야오옹 냠야오옹 냠냠야오옹

경전 읽는 파란 소리에 천 년 고찰이 휘고 있다

별빛 비린내 흥건한 계절을 돌리는 눈알염주

목어의 울음 받아 낯을 씻고

목탁소리 잘라 내어 빗질을 하고

눈알로 수도하는 절간 고양이

우주가 별빛에 젖고 있다

이서빈 _ 경북 영주 출생 2014년 동아일보 신춘문예 당선.

겹눈

소금시

이
성
렬

정전된 다락방에서 안경을 벗어 들었다.

모니터는 동전 크기 빛의 흔적을 남기고 사라져갔다.

팽팽하게 감각이 살아나는 내 넓적다리에 밤은 차가운 발바닥을 대었다.

접시 위에서 가오리가 붉은 아가미를 꿈틀거렸다.
내 눈은 점점 부풀어 올라 물고기 눈과 같은 광각으로 어두운 숲을 훑었다.

나무들의 그림자에는 상어 등뼈를 닮은 가시가 박혀 있었다.

사슴 한 마리가 성탄 카드 밖으로 걸어 나왔다, 막막하게 눈 내리는 벌판으로.

지구에서 100 광년 떨어진, 또 다른 태양 주위를 도는 행성이 지글지글 끓는 열기를 느꼈을 때,

안개가 겨울 논바닥에 남은 볏단처럼 앙상한 주춧돌 위를 헤매는 소리를 들었을 때,

내 눈동자는 감당하지 못한 채, 수만 개로 세포 분열하였다.

이성렬 _ 충남 청양 출생. 2002년 《서정시학》 등단. 시집으로 《비밀요원》 시집으로 《밀회》, 산문집 《겹눈》이 있음. 문학경계작품상. 문학청춘작품상. 현재 경희대 교수

눈

이성웅

부처는 황하강을 감로수로 보고
악귀는 불로 보인다고 한다

삶의 원근법을 잘못 읽은 탓일까
내 시각은 세태만큼이나 헷갈리고 흐리다
감로수 그 시선 어디서 놓쳐버린 걸까
좌, 우의 시각 언제쯤 뒤틀어졌는지 알 수 없다

너무 오래 눈감고 살아온 탓일까

좌측 눈이 물이라고 읽으면
우측 눈은 불이라고 말한다
수水자가 화火자로 익숙하게 왜곡되는 시각,
혼탁한 세상의 프리즘에 초점 놓친 것이리라

감로수가 불로 보인다면
이미 악귀이거나 색맹임에 틀림없다
오늘 내 시각, 충분히 붉고 어지럽다

이성웅 _ 2006년 《울산문학》 신인문학상 수상으로 작품 활동. 시집으로 〈엘 콘도르 파사〉가 있음.
현재 한국표준협회 제조혁신센타 전문컨설턴트

봄 눈

이
숙
자

마른나무 가지에서
새순이 눈을 뜨고
세상을 본다 하여
봄이라고 하지.

아가, 너도 봄이로구나!

파릇파릇
영롱한 눈을 가진
아가야,
너도 봄이로구나!

이숙자 _ 2018년 《시와소금》 신인문학상 동시 당선으로 등단.

이
승
용

여명의 길

어디서도 만난 적 없는 눈길이었다
그대 보내던 외길에서
눈에도 온도가 있다는 걸 돌아서고야 알았다
눈에도 문이 있다는 걸 말문 막히고서야 알았다
감아도 보이는 싱그런 봄날
따스한 눈길 때문이었음을
반쯤 뜬 눈에 노을 내리고
어둠 속 여명 들 때
비로소 봄에서 겨울로 가는 길
눈물로 피워낸 먼 길이었음을
허무로 허무는 날이었음을
봄 오면 그대 그리다 시퍼런 날 선다
겨울 오면 그대 허물다 하얗게 흩날린다
해 지나 눈감아도 보이는 그 자리
여명餘命의 빛으로 가다 서다
나 외로워 숨어 핀다

이승용 _ 1990년 《시문학》 등단. 시집으로 〈춤추는 색연필〉이 있음. 가톨릭문인회, 현대시인협회, 시문학회 회원.

보들레르의 눈

나는 보들레르의 눈을 좋아했다
경멸과 우울의 숨길 수 없이 풍부한 감정의 눈빛을
나는 폐허로부터 왔다
그곳으로 가리라, 그가 말하고 있지 않은가
여인이여 무한 창공이여
시작이면서 끝인 곳을 향해 마치 전부를 들이마실 것처럼
낙담한 듯, 그러나 그의 눈빛은 깊은 곳에서 말하고 있다
꼬맹이 거지야, 나는 너의 모든 것이 되리라
너의 천사
바람둥이 아버지
젖통이 크고 친절한 아줌마
그러나 빈털터리 지갑을 내보이며
내가 천사이고 내가 사탄이므로,
이 거대한 갈보에 취하고 싶다*
그때 그의 눈빛은 무엇인가를 쏟아내고 있었다
새벽 취기가 걷히고 그렇게 나는 내 이방인을 만났다
발각되는 순간의 모든, 그 위험천만한 눈을.

* 《파리의 우울》에서

이승호 _ 춘천 출생. 2003년 《창작21》 등단. 시집으로 《어느 겨울을 지나며》 외

이
여
원

눈

눈밭에서 구르다 돌아온 저녁 눈을 털어낸다
궤적은 어느 공터를 배회하고 있을까
지금껏 어느 눈에 들려고 때로는 비굴하게 견뎌온 날들
모르는 사이 너무 많은 눈에 들어가 있는 나는
혐의 없는 빈 걸음으로
혐의가 없어 더 슬픈 저녁에 앉아있다

눈 안에 있지만 모두
눈 밖에 나 있는 사람들

녹화 기능이 있는 우리들 눈
한밤 꿈속에서 재생되고 있는 눈에든 일들,
혹은 눈 밖의 일들

나는 당신을 본다는 나비족속들의 눈 인사말
빨강색의 말,

말에도 눈이 있다 황사먼지 내리는 불편한 도시의 골목에도
냉정한 눈들이 녹지도 않고 내리는 중이다
눈을 피해 엘리베이터에 도착하면 여기에도 눈이 있다

이여원 _ 2012년 매일신문 신춘문예 등단.

행복한 눈물

이
영
수

동공을 열어 녹슨 초침을 수거한다
나이 들어서 늙어서 그렇다는 것 인정하고 싶지 않지만
현장을 검증하고 만 거야
창가에 기대앉아 예리한 의술로 날카롭게 수정체를 수거
하는 것을
또 다른 창 속에서 바라보고 있을 때
가느다란 실핏줄들은 생존의 몸부림으로 분주하다
로이 리히텐슈타인의 '행복한 눈물'이 줄줄 흘러 내린다
축배를 드는 거야
붉은 와인 잔을 들어 눈에 가까이 대고 포도향을 느낄 때
나는 옆에 있었지
아마 비 오는 날 밤 수채화 같은 유리창을 손으로 쓱
닦아내고 별빛을 보는 느낌일 거야
그러니까
유리창을 닦는 것은 아름다운 눈물은 보고 싶기 때문인
거야

이영수 _ 2012년 《한국문인》 시 등단. 춘천문인협회 사무국장. 춘천낭송협회 회장.

바라본다
― 희망과 절망 사이

이 세상에서 바라본다는 말처럼 아름다운 것은 없다
바라본다는 것은 희망이다
어머니는 아들을 바라보고 아들은 어머니를 바라보고
제자는 선생님을 바라보고 교인들은 하나님을 바라보고
백성은 대통령을 바라보고 사랑은 연인들을 바라보고

바라보고 바라보고 그 무엇인가를 바라보고……,
세상의 모든 눈길이 나를 지켜본다는 것은 다소
위협적인 요소가 있지만
바라본다는 것은 '기대한다는 것, 희망한다는 것'

S대를 나온 유복자 아들만을 바라보고 살던 한 어머니가
작년 여름 바다에서 실종된 아들을 잃고 스스로 목숨을
끊고 말았다

이 세상에서 더 이상 바라볼 그 무엇이 없었기에

이영춘 _ 강원 봉평 출생. 1976년 **(월간문학)** 등단. 시집으로 〈시시포스의 돌〉 〈슬픈 도시락〉 〈시간의 옆구리〉 〈봉평 장날〉 〈노자의 무덤을 가다〉 등이 있음. 고산문학대상. 인산문학상. 동곡문화예술상. 유심작품상 특별상 등 수상.

이
원
오

흐느끼는 글자

글자에도 아픔이 있다는 것을
당신은 믿나
포로의 눈(眼)을 찔러 노예로 만드니
민(民)이 되었다
무슨 죄를 지었기에
이런 아픈 글자를 남겨 놓았나
글자로 살아남기까지 얼마나 많은 이들이
포로로 잡혀 눈이 찔렸을까
즐거이 회자되는 민(民)이
흐느끼고 있다
이제라도 눈에 찔린 이들을 위해 이 문자를
조문해야 하겠다
활자로 살아남은 사랑받는 명시에도
밤을 새운 시인들의 눈물이 배어있다
그러므로 시는 시인들의 포로다
쓸쓸히 시를 조문 해야겠다

이원오 _ 2014년 《시와소금》 신인상 등단.

소금시

더딘 사랑

돌부처는
눈 한 번 감았다 뜨면 모래무덤이 된다
눈 깜짝할 사이도 없다

그대여
모든 게 순간이었다고 말하지 마라
달은 윙크 한 번 하는데 한 달이나 걸린다

이
정
록

이정록 _ 충남 홍성 출생. 1993년 동아일보 신춘문예 시 당선. 시집으로 〈눈에 넣어도 아프지 않은 것들의 목록〉〈아버지학교〉〈어머니학교〉〈정말〉〈의자〉외 다수. 윤동주문학대상, 김달진문학상, 김수영문학상 수상.

소금시

이
정
오

눈

기쁨이 서성이던 금요일 저녁
주루룩 볼을 타고 흘러내린다
눈을 감아도 또렷이 보이는 너

내 눈에는 너만 보였다
눈에 넣어도 아프지 않던 시간들
너는 백만 송이 붉은 장미
나는 겹겹의 흰 장미 한 송이

불자동차가 앵앵거리며
재로 남은 네 자리를 통과한다
아무것도 보이는 게 없어
미련도 버려야 했다
오지 않을 사람은 결코 돌아오지 않는다

질끈 눈감고 인내하면
몸과 마음의 눈도 서서히 닫힌다
피부 숨구멍까지 닫고 견딘 겨울
새롭게 눈을 뜨니 봄이다

함께한 순간이 모두 우주였다

이정오 _ 2010년 계간 《문장》 신인상 등단. 시집으로 〈달에서 여자 냄새가 난다〉가 있음.

이
정
환

설미량의 눈
― 그의 눈빛에서 멜로를 읽다

그의 눈매로부터 피어오르는 향기

숨기고자 하여도 숨길 수 없는 여울

마가렛 꽃빛과 같은 잔 물살 잔물결

가두고자 하여도 가둘 수 없는 여울

그의 눈매로부터 번지는 연한 기운

데이지 꽃빛과 같은 잔 물살 잔물결

이정환 _ 1981년 중앙일보 신춘문예 시조 당선 시조집으로 〈휘영청〉 외 다수가 있음.

소금시

이
태
수

눈을 떠도 감아도

안 보인다고 눈을 감으면
안이 보인다
차 있듯 텅 빈 안이 보인다
다시 눈뜨고
안 보이는 길을 더듬어 나선다
구름과 함께
발바닥이 자꾸만 허공에 뜬다
서편하늘에
희미하게 기울고 있는 낮달,
바람이 분다
안 보이는 길 찾아 떠돌아도
속절없을 뿐
내가 나를 어찌해야 할 것인지
눈을 감은 채
텅 빈 내 안을 들여다본다
내 안의 내가
그 바깥의 나를 쳐다본다

이태수 _ 1974년 《현대문학》 등단. 시집으로 〈따뜻한 적막〉 〈침묵의 결〉 〈회화나무 그늘〉 〈내 마음의 풍란〉 〈그의 집은 둥글다〉 등 13권이 있음. 육필시집, 시론집 등 대구시문화상, 동서문학상, 한국가톨릭문학상, 천상병시문학상 등 수상.

눈 뜨고 잔다

소금시

이
화
주

호수에 놀러 온 별들
밤 깊도록
숨바꼭질한다.

그래서
호수는
푸른 눈을 뜨고 잔다.

호수 속
잉어들도
눈 동그랗게 뜨고 잔다.

이화주 _ 경기 가평 출생. 1982년 강원일보 신춘문예와 《아동문학평론》 동시 등단. 동시집 〈내 별
잘 있나요〉 〈해를 안고 오나봐〉 외 다수. 윤석중문학상 등 수상. 현재 시와소금 자문위원.

소금시

나의 창

임
동
윤

내 눈은 창이다
꽃 피는 소리를 지긋이 바라보고
나뭇잎 떨어지는 소리에도 창을 한껏 연다
그러다가 제 빛깔과 무게로 영그는
가을에는 모든 생명을 환하게 바라본다
아, 모든 것을 편히 눕게 하는 겨울
나의 창은 눈 내리는 바깥을 종일 내다본다
마른 나무가 보드라운 솜털에 싸이는 것도 보고
꽁지 짧은 새 한 마리 가까스로
굴뚝 언저리로 숨어드는 것도 가만히 바라본다
그러던 창이 요즘 흐릿해졌다
아무리 닦고 문질러도 또렷해지지 않는 수정체,
그간 너무 많은 것을 보아온 탓이다
이젠 모든 것을 내려놓아야 한다
내려놓고 좀 더 편안해져야 한다
창이 내게 가만가만 타이르고 있다

임동윤 _ 경북 울진에서 태어나 춘천에서 성장. 1968년 강원일보 신춘문예 등단. 1992년 문화일보
경인일보(시조)와 시집으로 〈연어의 말〉 〈따뜻한 바깥〉 〈편자의 시간〉 〈사람이 그리운 날〉 등 11권.

원시인에게

어느날부턴가가까운것이잘보이지않는다
신문에까만벌레들이가물가물기어간다
팔을 뻗 ─어 멀 ─리 놓고 보아야 더 잘 보인다

축하합니다, 노안老眼 이십니다
입때껏 작은 것, 쓸데없는 것, 못된 것
차마 눈 뜨고는 볼 수 없는 것들까지
다 보고 사시느라 얼마나 힘드셨나요

허허, 이제 내가 원시인이 되었구나, 그래
코앞의 일, 눈앞의 푼돈, 발밑 길바닥만 보지 말고
저 멀리 아마존의 밀림, 북극의 빙하, 아프리카의 퀭한 눈을
보아야지 보이지 않는 것을 보아야지
저 멀리 하늘나라까지도

임문혁

임문혁 _ 1983년 한국일보 신춘문예 등단. 시집으로 〈외딴 별에서〉 〈이 땅에 집 한 채〉 〈귀 · 눈 · 입 · 코〉 등.

임
양
호

숯불

부릅뜨고 하는
시뻘건 말

석쇠를 경계로 저승을 맛보는
삼겹살 한 점
이승의 기억 막 지우려는데
누가 젓가락질이냐

한때는 나무의 생살
나무도 불을 품고 산다는 말

시린 몸 끝자락까지 거두며
기꺼운 소멸을 바라봐 주는

나무의 눈

임양호 _ 2016년 《시와소금》 신인상으로 등단.

눈물샘

임연태

찬바람 맞으면 왼쪽 눈에서
눈물이 난다

나이 오십 넘어 생기는
변화 중의 하나다

오른쪽 눈은 괜찮은데
왼쪽 눈물샘만 둑이 터지는
이유를 모르겠다

숱한 걸 보며 살아도
보이는 게 다가 아닌 세상

나이 오십 넘도록
왼쪽과 오른쪽 눈은
간격을 좁히지 못하고
미간으로 찬바람 불면
눈물샘이 터진다

왼쪽 눈에서만 눈물이 난다

임연태 _ 2004년 《유심》으로 등단. 시집으로 〈청동물고기〉와 기행집으로 〈부도밭 기행〉 〈절집기행〉 〈히말라야 행선 트레킹〉 〈정자에 올라 세상을 굽어보니〉 등이 있음. 유심문학회 회장.

눈[雪]옷과 눈[目]옷

임
영
석

아무리 옷을 잘 입는 패션모델도
나무들이 입은 눈옷만큼 아름답지 않다
사방팔방 제각각인 나무들의 모양 그대로
옷을 입혀준다는 게 쉬운 일이 아니기 때문이다
눈옷은 말 그대로 신神이 눈[目]으로 입혀주는 옷이다
하늘 가까이 사는 앉은뱅이 나무는
얼마나 깊이 신神의 마음을 얻었는지
몸부림도 칠 수 없게 두꺼운 눈옷을 입고 있다
사람의 옷은 울긋불긋 시선을 끌게 만들었지만
눈의 옷은 어떤 무늬도 넣지 않고
하늘의 뜻 그대로 하얀 백색뿐이다
이 하얀 눈의 옷은 깨끗이 살아가라는 신神의 가르침이다
사람의 마음으로는 만들 수 없는 옷이다
나는 나무가 입은 눈의 옷을 바라보며
이 세상에 신神이 있다는 것을 믿었다

임영석 _ 1985년 《현대시조》 등단. 시집 《받아쓰기》 외 5권. 시조집 《초승달을 보며》 외 1권. 시론
집 《미래를 개척하는 시인》이 있음. 제1회 시조세계문학상 등 수상.

하루

임
지
나

눈이 걷는다 앉는다 먹는다 눕는다 우린 쓸쓸한 외눈박이다
두 눈인데 외눈인 듯 홑몸인 듯 유리구슬 같은 삶이 금 가지
않게 조심스레 굴린다
눈을 눈이 빛낸다 몸이 눈이고 눈이 몸이다

바닷가 달랑게는 제 각질을 작고 동그마하게 빚어 흙빛 눈동
자 같은 걸
왜 갯벌에 숱하게 부려 놓았을까 제 체취에 힘을 대고 싶었을
까 동화 속 행복한 왕자는
가난한 이를 위해 황금 피부를 떼내 주고 최후엔 눈 알 두 개
를 파내어 줬다
그건 눈이 아닌 딸기 같은 왕자의 심장 두 개

눈은 피처럼 진한 기관器官 늘 얼굴에 맺혀있는 진한 열매
아득하고 아스라이 황사인 듯 안개인 듯 죽었나 싶게 잠잠히
빛나는

어디로 향할지 모르는 오늘 새 눈을 뜬다
새삼 과거를 추억하며 눈은 촉촉이 깊어간다 하루하루 뜨겁
게
모두의 눈 속이 깊어간다

임지나 _ 2015년 《시와소금》 동시 등단. 2017년 영주일보 신춘문예 시 당선. 동시집으로 《머그컵
엄마》가 있음.

양장본 / 값 10,000원

이화주 동시집
『해를 안고 오나봐』

이화주 _ 경기 가평에서 태어나 춘천교육대학을 졸업했습니다. 41년간 초등학교에서 어린이들과 생활하다 춘천교육대학부설초등학교 교장으로 정년퇴임했습니다. 1982년 「강원일보 신춘문예」와 「아동문학평론」으로 등단하였으며 「한국아동문학상」과 「윤석중 문학상」을 수상했습니다. 지은 책으로는 「아기 새가 불던 꽈리」, 「내게 한 바람 털실이 있다면」, 「뛰어다니는 꽃나무」, 「손바닥 편지」, 「내 별 잘 있나요」, 「이화 주 동시선집」과 그림책 「엄마 저 좀 재워주세요」가 있으며 초등학교 국어교과서에 동 시가 실려 있습니다.

　이화주 작가가 쓴 시들은 어린이 눈높이에 맞춰 쉽고 재미있게 읽히지만, 그 안에 담긴 의미를 곱씹으면 어른들에게도 크게 와 닿을 듯하다. 특히 양구 출신 서양화가 김용철 씨가 돌멩이에 나비, 애벌레, 도깨비, 다람쥐 등 동시와 어울리는 그림을 그려놓은 삽화를 등장시켜 읽는 재미에 보는 즐거움을 더했다.

— 강원일보(2017.09.22)

　40여 년 동안 교직에 종사한 이화주 작가는 어린이와 어른이 함께 읽을 수 있는 동시 57편을 책에 담았다. (중략) 할머니가 들려주듯 따뜻한 이야기들이 펼쳐진다. 시집 곳곳에 자리 잡고 있는 그림들도 이색적이다. 삽화를 맡은 김용철 화가는 돌 그림을 시도해 독자의 상상력을 자극한다.

— 강원도민일보(2017.09.22)

· 24436 강원도 춘천시 충혼길20번길 4, 시와소금 · ☎(033)251-1195, 010-5211-1195
· 전자주소 : sisogum@hanmail.net / 다음카페 : http://cafe.daum.net/poemundertree

눈물

장승진

무엇이든 볼 수 있다는 건
진짜 중요한 걸 볼 수 없다는 것
마음으로 볼 수 있다는 건
귀로도 코로도 볼 수 있다는 것
그렇게 그대 영혼 보고 싶다

사랑한다고 말 했나
사랑의 눈길만 있고
눈물이 없었다면
얼마나 메말랐을까
세상 얼마나 삭막했을까
눈물같은 비 내리고
빗물처럼 눈물 쏟아지는 감격

그대 맘속에 들어
그대 슬픔 아픔 녹여내어
영롱하게 맺히는 눈물방울 되었으면
흐르다 흐느끼다
폭풍처럼 터지는
활화산이 되었으면.

장승진 _ 1990년 《심상》, 1991년 《시문학》 신인상 등단. 시집으로 〈한계령 정상까지 난 바다를 끌고 갈 수 없다〉〈환한 사람〉이 있음. 현재 춘천여자고등학교 교장.

거울 앞에서

장옥관

네 눈은 끝을 모르는 아득한 깊이
무명실 실타래를 풀어도 닿지
못할 어둠 까마득한 깊이 속으로
나는 자꾸 빠져든다 가문 강에 피라미
뛰듯 뛰는 네 맥박, 끼니마다 고봉밥
미어지게 떠 넣어도 미동도 없고
그 수면 아래엔 무엇이 살까 내 속에는
네가 닿을 수 없는 어둠이 있고
떠먹여주어도 받아먹을 입이 없고
먼산바라기 네 눈빛 껴안고 싶어도
내겐 두 팔이 없고

장옥관 _ 1987년 《세계의문학》으로 등단. 시집으로 《황금 연못》 《달과 뱀과 짧은 이야기》 《그 겨울
나는 북벽에서 살았다》 등이 있음.

눈부처

양초로 만든 소녀가 있어요. 밤이면 의족을 끌고 내 눈
속을 걷는 소녀는 삐걱거리는 책꽂이에 앉아 내 책을 거꾸
로 읽어요. 놀란 잠이 구불구불 흘러내려요. 내가 잊어버린
이름들이 서로 부딪히며 웅웅거려요.

방으로 덩굴손이 자라기도 눈이 내리기도 냄비에 쩌 낸
얼굴이 퉁퉁 붓기도 하죠. 먼 세상에서 죽은 비명이 잦아
들며 조가 어긋난 쇼팽이 되기도 해요. 침묵하는 자물쇠에
서는 꽃이 피죠.

홀로 옷을 벗는 너의 가슴은 얼마나 먹먹하겠는가.

꿈이 손가락 끝으로 빠져나가면 눈 속에 살던 미치광이
난쟁이가 깨어나요. 가늘고 팽팽한 철사가 떨고 있어요. 어
디선가 날아든 유리조각일지도 몰라요. 소리 없는 말들이
잠을 감싸요. 모자 없는 나라에서 주인 잃은 그림자들과
함께 떠돌이 돌멩이들로 둘만의 집을 짓고 싶어 하는

여드름이 툭, 툭, 불거진 소녀야

돌부처가 다녀간 자리에다 갈 곳 잃은 구름으로 달을 그
려 바람에 묻힌 집을 발굴하려 해요. 꿈들이 뒤섞여 마침표
를 찾지 못해 나의 죽음은 한없이 미뤄질 거예요. 어디선가
나무가 눈물을 흘리고 있을 거예요.

눈 속의 작은 꽃다발아

전기철 _ 1988년 《심상》 등단. 시집 《나비의 침묵》 《로깡땡의 일기》 《누이의 방》 외 4권. 저서로 《언
어의 중력 -우리시대 젊은 시 쓰기》가 있음. 현 숭의여자대학교 교수.

전
순
복

그리운 눈부처

너의 눈동자는
밤의 사막처럼 차갑다

오래전 한쪽 창이 깨어진 후
한 그루 별도 심을 수 없는
너의 창문 때문에

내가 네게 가는 길은
항상 불투명했고
잃어버린 눈부처를 찾아
아득한 시선을 두었지

눈과 눈을 마주한 적도
별을 읽은 기억도 없는

우리의 시간은
밑줄도 책갈피도 없는 진열된 책

너를 읽을 수 없어
나를 찾을 수가 없었다

* 눈부처 : 상대방의 눈동자에 비친 자신의 모습

전순복 _ 2015년 《시와소금》 상반기 신인상 등단.

소금시

누항 봄편

정
수
자

처소란 게 비릿하니 등골 패는 누항이라
적는 일도 속이 시려 봉창에 미뤘더니
올봄은 새 이름표를 단 신이 반짝! 솟더이다

맨손 맨발 돛 삼아서 두만 압록 건너갔듯
촛불로 분 만파식적 만방을 울렸다고
망보던 가로수들도 활짝! 초록귀로 맞습디다

그 전단에 시멘트쯤 얼쑤! 들춘 민들레들
심봉사 두 눈뜨듯 묵은 눈 연신 닦다
참꽃도 참하게 피운 초간 한 편 부칩니다

정수자 _ 1984년 세종숭모제전 전국시조백일장 장원 등단. 시집으로 〈비의 후문〉 등 5권이 있고 〈한국 현대 시인론〉 등 공저 100여 권이 있음. 중앙시조대상, 현대불교문학상, 한국시조대상 등 수상.

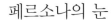

정
연
희

페르소나의 눈

카메라 접사렌즈는
젖을 먹이는 동물의 선한 눈빛이다
꽃 속에 꽃을 보는 눈이다
렌즈 속에서 어린 꽃잎이 자라면
여린 날개를 달고 있는 나비와
암사마귀 살생의 눈빛이
수만 개, 각막을 갈아 끼우며
위장의 생을 깜박거린다

보이는 대로 보는 눈이라는 것
그래서 눈빛을 들키는 것은 서글프다

한 초점의 전체나, 전체의 한 초점이
수천 개의 눈을 달고 있는 하나의 *페르소나,
사라질 것들을 가득 담고
이글거리는 붉은 해가
교활한 눈동자 하나와 마주치고 있다
페르소나의 눈이 페르소나를 찍는다
공포의 깊이가 찍힌다
한 연대가 광활한 프레임 속에 갇힌다

정연희 _ 2017년 전북일보, 농민신문 신춘문예 등단. 용인 수지우체국 근무

별지는 저녁

정
이
랑

살갗을 드러내 사람들이 오지 않는
나의 여름, 비도 오지 않는다
찾아오지 않는 여름의 창가에는
언제나 눈먼 새 한 마리가 앉아 있다
날지 못하는 만큼 절반은
떠나고 싶었다

거꾸로 자라나는 밤의 푸른 별들 속에서
헛디딘 작은 별 하나 지상으로 떨어지는 걸 본다
떨어지는 별을 담고 싶어 나팔꽃은
조였던 옷고름을 풀어헤치고
퐁당,
이슬처럼 숨어들었다

날마다 하늘 향해 목 쳐들고 울어대는
눈먼 새, 치닫고 싶은 것이 깊어
어둠 속 몰래 울고 있는 걸까

정이랑 _ 1997년 《문학사상》 신인상 당선으로 등단. 시집으로 〈떡갈나무 잎들이 길을 흔들고〉 〈버스정류소 앉아 기다리고 있는〉 이 있음.

정
일
남

눈이 있는 것

신神의 선물 중에 가장 소중한 것이 눈이다
많은 것을 보고 느껴보라고 주었으니
본 곳을 종이에 써본다
나는 무엇을 보고 가나
보지 못하고 가는 것도 많을 거다
마음에 생각이 없으면 보지 못하니
상상의 세계가 더 넓다
눈이여, 너는 내 핵심核心이다
본 것을 활용하지 못하면
눈은 흑점으로 사멸된다

감자는 못생겨도 쌍꺼풀눈이 여러 개다
이마에 뒤통수에 정수리에도 있다
눈이 있는 시를 써야겠다

정일남 _ 강원 삼척 출생 1970년 조선일보(시조)와 1980년 《현대문학》(시) 등단. 시집으로 《어느 갱 속에서》 《꿈길》 《훈장》 《봄들에서》 등.

눈[目]인사

두 손을 가볍게 모으며
"나마스떼" 그윽한 눈길로 수줍게 인사를 건네던
반듯한 이마에 연지를 찍은 비단 사리 옷의 인도 여인
그녀의 영혼이 나의 영혼을 바라본다는 놀라운 인사말
그 안 영혼의 창문이었던 눈

누가 사람의 눈길을 재어 본 적이 있는지
간절할수록
마음이 깊을수록
침묵이 고요할수록 멀리 더 멀리
9만 리 사랑길? 아니 더, 더 먼
찰나와 겁을 건너 지금 네가 선 자리를 돌아보는 눈

어둠이 짙을수록 천수천안千手千眼
내 머리의 뒤통수 손끝 발끝 내 몸 어느 부위나 구석에도
투명인간으로 깃들어 있는 말 없는 눈
그 누구도 신神의 눈길을 피할 수는 없다네

그저 작은 수정체인 그대 맑은 눈의
아무도 무엇으로도 잴 수 없는 가공할 위력 그 신비!
죽어 있던 겨울 들판 삼라만상을
살며시 푸른 생명으로 살려내는 저 봄눈의 위력을 보라!

정주연 _ 2001년 평화신문 신춘문예 등단. 시집 〈그리워하는 사람들만이〉 〈하늘 시간표에 때가 이르면〉 〈선인장 화분 속의 사랑〉이 있음.

정주연

정중화

마음의 눈

등산로에서 받은 눈에 대한 시 원고청탁 문자메시지를 보고 창밖을 지나는 연인의 어깨 위로 살포시 내려앉는 눈이 소재였음 어떨까 생각하는 내 모양새가 우스워 슬며시 휘둘러보니 어느새 오른 산 정상을 에워싼 구름이 장관이다. 시계추처럼 반복되는 따분한 일상을 피해 오른 산정에서 만난 멋진 풍경 같은 시 한 편 내놓을 자신도 없는 내가 멋쩍어 써놓은 시가 없다는 말로 정중히 고사하려 하는데 공간을 타고 전해온 말씀이 며칠 후까지 보내주면 된다고 또 한 번의 부탁을 하신다. 하긴 눈[眼]이면 어떻고 눈[雪]이면 어떤가? 일일이 보내온 별것 아니었을 수도 있는 사소한 배려가 마음의 눈이 되어 그대를 향해 눈처럼 하얗게 빛나고 있는 걸, 가끔은 오르고 오른 정상에서 세세히 세상 내려다보며 가야 할 길 정하는 것도 나쁘지 않겠지만 오가며 마주치는 바람 같은 인연 미소로 바라 봐주는 따스한 눈인사가 더없이 정겨운 일이겠다.

정중화 _ 2003년 《문학세계》로 등단. 시집 〈징조처럼 암시처럼〉 〈바람의이야기를 듣는 법〉이 있음.
㈜길건축사무소이엔지 이사 재직 중

눈물

엄마는 어릴 적 먼 길을 떠난다고
눈물샘에 가득 바다를 넣어주셨다

일생의 사막을 걸어가면서
슬프고도 슬픈 언덕이 파도칠 거라고,

그때마다 아끼지 말고
밀물처럼 수평선을 꺼내 닦으라고,

별을 닦는 심정으로
저 어둠을 닦으라고,

거기 가난한 밤의 얼굴이
여명이 되고 샛별처럼 빛날 거라고

조
성
림

조성림 _ 춘천 출생. 2001년 **《문학세계》** 등단. 시집으로 〈붉은 가슴〉 〈지상의 편지〉 〈세월 정류장〉 〈겨울노래〉 〈천안행〉 〈눈보라 속을 걸어가는 악기〉가 있음.

반양장본 / 값 10,500원

임지나 동시집
『머그컵 엄마』

임지나 _ 전북 전주 출생으로 유아교육을 전공했으며 다시 문예 창작을 공부하고 있다. 2015년 문예지 《시와소금》에서 동시 부문 신인상을 받았으며 2017년 영주일보 신춘문예에 시가 당선되었다. 시와소금시인회, 한국동시문학회 회원으로 상상과 관찰하는 것을 즐겨하고 아이의 기발한 얘기를 어록처럼 일기에 써놓다가 동시에 매료 됐다. 현재 충남 태안에서 가족과 행복하게 지내면서 시와 동시를 열심히 쓰고 있다.

동시를 쓰는 사람은 간절하게 어린이가 되고 싶은 사람이거나 아직도 어른이 되기 싫어 떼를 쓰고 앙탈을 부리는 사람이다. 그에게 세상이 정해 놓은 질서란 별 의미가 없다. 임지나 시인이 그렇다. 그는 무엇이 그렇게 부끄러운 게 많은지 늘 두 손을 조아리는데, 철 덜 든 어른아이 같다. 이렇게 동시집으로 묶은 시들을 읽어보니 그의 심장 속에 아이가 자라고 있다는 걸 알겠다. 그렇지 않고서야 충전기에서 스마트폰을 뽑을 때 흰 이가 빠지는 느낌을 어떻게 알겠는가. 목련 나뭇가지 위에 앉은 까치가 목련꽃을 전등으로 알고 사러 왔다는 난데없는 상상이 어떻게 생겨나겠는가. 일상의 지겨움을 동심의 상상력으로 훌훌 털어버리는 이 동시들이 민들레 씨앗처럼 더 많은 어린이들의 마음속으로 날아가기를 빈다.

— 안도현 (시인, 우석대 교수)

 • 24436 강원도 춘천시 충혼길20번길 4, 시와소금 / ☎(033)251-1195, 010-5211-1195

• 전자주소 : sisogum@hanmail.net / 다음카페 : http://cafe.daum.net/poemundertree

나의 발견發見

조
승
래

어미와 아가의 눈빛 마주칠 때
단비에 봄강물 부풀어 흐르는 소리 들리네

기저귀 찬 뒤뚱걸음
예쁘게만 보이는 어미의 따스한 눈길
지팡이 걸음 불안하게 바라보는 자식의 눈길

세월은 아련한 뒷모습을 만들고
잔상殘像은 액자 사진처럼 마음에 머물고

색色은 어지러이 널려 있어도 보지 않고
공空은 마음속에 있어도 만나려 하지 않네

잔상조차도 찾아오지 않는 날은
지독한 그리움이 기어 나오는 날

나는 장님이 되어서라도
웃고 있는 까만 눈동자의 아가를 찾고 싶다

조승래 _ 2010년 《시와시학》 신춘문예로 등단. 시집으로 〈몽고조랑말〉 〈내생의 워낭소리〉 〈타지 않는 점〉 〈하오의 숲〉 〈칭다오 잔교 위〉 등이 있음. 시와시학회, 가락문학회, 포에지창원 회원. 아노텐금산(주) 대표. 단국대 성경대학 겸임교수.

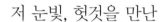

저 눈빛, 헛것을 만난

조
창
환

링컨콘티넨털 리무진이 서서히 움직인다
장중하고 위엄 있는 흐린 그림자도 길게 움직인다

검은 버스 안의 사람들은 고개를 숙인 채 눈 맞추지 않는다
로스케를 만난 피난민처럼 기가 질린 표정으로 침묵한다

장의 행렬이 남긴 무거운 자취를 따라
유기견 한 마리가 퀭한 눈빛으로 허공을 훑어본다

저 눈빛, 헛것을 본 모양이다
헛것을 만난 목숨들은 기가 질려있다

한 생애 땀 흘려 헛것을 따라다닌
지나간 목숨 하나만 평안히 누워있다

아무것도 아니군, 티끌만도 못 하군
링컨콘티넨털 리무진에 누워있는 헛것이 혼자 중얼거린다

조창환 _ 1973년 《현대시학》으로 등단. 시집 《허공으로의 도약》 《벚나무 아래, 키스자국》 《마네킹과 천사》 《수도원 가는 길》 《피보다 붉은 오후》 외. 한국시협상, 한국가톨릭문학상, 경기도문화상 등 수상. 현재 아주대학교 명예교수.

칸다하르, 하늘의 눈

주
경
림

아프가니스탄, 칸다하르 하늘은
개기일식 중,
달그림자가 태양 과녁에 명중했다
그 위를 반투명 구름이 스쳐갔다

부루카를 뒤집어쓴 여인들이
눈구멍으로
자신의 삶을 뚫어져라 응시하는
망사창 속의 검은 눈이었다

내가 어린 시절부터 들어왔던,
하늘이 내려다보고 계시다는
바로 그 눈이었다

부루카를 뒤집어 쓴 하늘에 점안식

주경림 _ 1992년 《자유문학》 등단. 시집으로 〈씨줄과날줄〉〈눈잣나무〉〈풀꽃우주〉가 있음. 문학과 창작 작품상 수상.

진
명
희

창窓

　그는 안경을 쓰지 않고도 세상을 잘 보았다 그러나 그는
때때로 안경을 쓰고도 눈앞의 어떤 것도 볼 수 없었다 그는
나에게 친구가 되기도 하고 안 되기도 하였다 안경을 쓰고
안 쓰기에 달렸다

　눈은 마음의 창이라며
　그는 곧잘 안경알을 뽀드득뽀드득 닦아냈다

　변하지 않는 나이테 속에서
　그의 안경알은 빙빙 잘도 돌았다

　집게손가락으로 안경테를 치켜올릴 때마다
　눈 밑 자리엔 눌린 자국이 선명했다
　맑은 하늘빛이었다가 때로는 붉은 핏자국도 보였다

　안경을 닦을 때마다
　세상을 다시 본다는 것이 너무나 싫다고
　종알거리던 친구가 문득 그립다

진명희 _ 2000년 《조선문학》 등단. 시집 〈하얀 침묵이 되어〉 외 3권. 충남예술문화상. 충남시협작
품상. 매헌문학상 수상. 현재 충남시인협회 상임이사.

호접란 눈빛 하나로

자꾸만 네게로만 눈길이 간다는 건

애당초 네가 먼저 눈길을 당긴 것

마주친 눈빛 타는 순간

눈멀어 활짝 핀 꽃

진순분

진순분 _ 1990년 경인일보 신춘문예 등단. 시집으로 〈안개꽃 은유〉 〈시간의 세포〉 〈바람의 뼈를 읽다〉와 시선집으로 〈블루 마운틴〉이 있음. 시조시학상 본상, 한국시학상, 수원문학작품상, 경기도문학상 본상 등 수상.

최영철

잠시눈을감았다뜨니

잠시눈을감았다뜨니
그새어둡게날이저물어
꿈이아닌가
하늘위로무심코걸어가는
코끼리의발바닥
잠시눈을감았다뜨니
온유하던뭇날짐승
무더기무더기로떨어져
이럴수가이럴수가
잠시눈을감았다뜨니
청명한그대어깨위로빗방울
웬일일까그새물이넘쳐
우리들세상이서서히숨막히게
잠겨가고가라앉고
잠시눈을감았다뜨니

최영철 _ 1986년 한국일보 신춘문예 시 당선. 시집으로 〈돌돌〉〈금정산을 보냈다〉〈찔러본다〉〈호루라기〉〈그림자 호수〉〈일광욕하는 가구〉외. 육필시선집 〈엉겅퀴〉와 성장소설 〈어중씨 이야기〉가 있음. 산문집 〈변방의 즐거움〉외 백석문학상 등 수상.

당신의 눈동자

최자원

　현미 밥 위에 쌈장과 수박을 얹어 먹으면서 당신은 사각
사각 웃었다
　그 위로 오래 전 풀 냄새 가득한 산골 평상에 당신과 내가
농부와 아낙으로 마주 앉아 이른 저녁을 먹던 날들이 있었
을지 모른다는 실없는 생각을 했다

　당신의 눈동자에 비춰 살펴본 지도 속에는 생이 머물 곳이
없음을 알았을 때
　세상 모든 공기들이 바스라져 신발을 꺾어 신고 삐뚤어지
고자 밤길 어둑한 골목길
　전봇대가 지키고 선 담벼락에 그만 당신의 눈동자를 엎질
렀다

　비탈길을 타고 마구마구 굴러가 버린 당신의 눈동자를 그
저 바라보고 서서 아침이 밝았다 세상이 환해진 걸 모르지
않으면서 가로등은 여전히 형형하게 눈을 뜨고 당신의 눈동
자가 사라진 자리를 비췄다

　그리고 난 그 자리에 쪼그리고 앉아 이미 사라져 버린 것
들을 애도하겠다며
　사각 사각 굴러가 버린 당신의 눈동자를 끄적인다

최자원 _ 2016년 《시와소금》 신인상 당선으로 등단.

소금시

최
재
남

안경 너머

황사바람 물러가고 세차를 서두른다
결 따라 닦아내고 물까지 뿌렸는데
뿌옇게 흐린 앞 유리
환해 질 줄 모른다

불쑥 도진 오기, 소매까지 걷어붙이고
손끝을 거부하는 안경너머 길을 닦는다
때로는 정체불명의
벼랑마저 길이라며

저울로는 잴 수 없는 먼지의 무게처럼
눈 하나 더 달아도 볼 수 없는 내 안의 빛,
차라리 안경을 벗자
환해지는 오전 열 시

최재남 _ 2008년 《시조21》 신인상 당선. 한국시조시인협회 신인상 수상. 시집으로 《바람의 근성》
이 있음. 한국시조시인협회회원, 국제시조시인협회회원, 한결동인, 대구시조시인협회회원.

목련 눈

목련꽃 환하게 골목을 밝히느라
잎눈 터지는 탱글한 함성
한밤에도 저리 형형한 걸 보니
분명 한 송이의 등불을 품고 있을게다
가지마다 처연한 심지를 돋운 채
잎이 벙그는 소리 골목에 가득한데,
목련 나무는 새로이 늙어가고
노인은 지나가는 봄날을 다 읽지 못한다
곡소리 낭자하게 피고지는 때
조등 활짝 피워낸 골목을
달빛 휘황하게 쓸고가는 봄밤을
목숨 걸고 지켜보는 목련이여
노인의 눈먼 옛사랑도
어쩌면 이리 쓸쓸하였는지,
수많은 잎들이 야광처럼 빛나는 밤
반대편 가지에서 한 잎의 등이 툭, 지고 있다
눈이 감긴다

최재영

최재영 _ 2007년 대전일보 신춘문예 당선 시집으로 〈루파나레라〉〈꽃피는 한 시절을 허구라고 하자〉가 있음.

최
현
순

딱새

참, 딱한 새!
제 새끼 잡아먹히는 줄도 모르고
자기보다 덩치 큰 뻐꾸기 새끼를 키우는,

예사롭지 않은 뻐꾸기 어미나 그 새끼의 눈빛.

TV 화면을 보다가 급기야 체념을 하고 보니
순하기 순한 딱새의 눈이나
뻐꾸기의 저 간절한 눈이나,

나를 향한
절절한 눈이 또 하나 있을 것 같아.

나도 뻐꾸기의 눈을 닮았거나
그 누군가에 의해 탁인託人이 되었다면

다른 줄기의 즙을 빨아먹는 밀림의 기생식물들까지도,

그것이, 거역할 수 없는 우주의 섭리라면
놔둬라, 그냥 지켜볼 수밖에.

최현순 _ 2002년 《창조문학》 등단. 시집으로 〈두미리 가는 길〉 〈아버지의 만보기〉가 있음. 춘천문인협회, 강원문인협회, 한국문인협회, 현대불교문인협회, 수향시낭송회 회원 삼악시 동인 현재 춘천문인협회 회장.

추방

하
두
자

몸에서 퇴화되는 눈동자 하나를 훔쳐왔지
비밀을 색깔처럼 가지고 놀고 싶어서
허공에 금이 가고 간신히 걸려있는 풍경
안전선으로부터 멀어지는 바깥
당신이 겨냥하는 게 나의 빨간 눈동자라고
왼쪽이 마이너스 오른쪽이 플러스인 시력인
두 개의 눈동자를 겹쳐도 감기지 않는 눈 먼 단어들이
흐릿하게 노출된 풍경위로 떠다닌다
그것은 자외선도 아니고 가시광선도 아닌
눈의 회로 명령
틈으로 쏟아지는 보이지 않는 절규
참을 수 없는 권태로운 일상들이
창문에서 잘게 부서지고 있네
아직도 어둠 안에서만 편안한 내 눈은
촛점이 맞춰지지 않는 문장에다
출렁이다 찔끔거리는 밑줄을 긋는다
훔쳐온 눈동자가 추방을 당할 차례다

하두자 _ 1998년 《심상》 등단. 시집으로 〈물수제비뜨는 호수〉 〈물의 집에 들다〉 〈불안에게 들키다〉 등이 있음.

하
종
오

눈의 변천사

정원에 서면
나를 무는 벌레가 있어
가시눈을 하고서 한번 쏘아본다
벌레는 나와 한번 겨루고 싶은지
내게서 날아가지 않는다
공원에 쉬러 나가면
나를 그늘에 끌어들이는 나무가 있어
고리눈을 하고서 둥글게 바라본다
나무가 나와 둥글게 마주하려는지
나를 향해 가지를 휜다
길을 걸으면
나를 사로잡는 허공이 있어
그 너머를 건너다본다
허공이 나 너머로 가려는지
나를 뛰어넘으니 내 눈은 움펑눈이 된다

하종오 _ 1954년 경북 의성 출생. 1975년 《현대문학》으로 등단. 시집으로 〈벼는 벼끼리 피는 피끼리〉〈남북주민보고서〉〈세계의 시간〉 외 다수가 있음.

눈 밖의 눈동자
― 가로등

한
성
희

어제처럼 멀리 어두울 때도 그대가 나를 보고 있는데
나는 그대를 볼 수가 없어요

오늘처럼 가까이 환해질 때도 그대가 내 곁에 서 있는데
나는 그대를 만날 수가 없어요

눈 밖에서 뜬눈으로 지새운다는 것은
내 눈동자로 달을 부둥켜안고 견뎌내는 일

내 안에 남아있는 달빛이여
나지막한 슬픔으로 그대가 기억하는 눈빛으로
바닥을 흔드는 불빛이여

노숙의 뿌리처럼 어둠 깊은 곳에서
목숨을 간직한 눈동자로 새벽을 얼마나 쏟고 비워내야
텅 빈 눈동자인가요

목젖이 뭉개진 그대가 내 안에 있는데
나는 그대를 찾을 수가 없어요

영혼의 가장자리 흰 발자국이 무수히 찍힌
그대는 눈동자만 남은 달이에요

한성희 _ 2009년 《시평》 등단. 시집으로 《푸른숲우체국장》이 있음. 아르코문학상 수상. 《시와소금》
기획위원.

왼쪽 눈을 위하여

한이나

사랑도 찾아오지 않았는데 반쪽 눈이 멀었다

왼쪽 눈을 감고 오른쪽 눈으로만 보았다
한쪽 눈이 감기니
다른 한쪽 눈도 실눈만 떠졌다
하루가 발아래 희미하게만 보였다
익숙함을 잃어버린 균형감각, 혼곤하여

반만 보았다 반만 일했다 반만 읽었다

눈 수술로 잠시 반만 눈 먼 내가
늦게 새로 깨달은 헛짚은 세상
그동안 멀쩡하게 두 눈 뜨고도
반만 보고 반만 살은, 지상에서 가장 어리석은
나의 뿌리를 들여다보았다

사랑도 반쪽밖에 하지 못했다 어둠도 반쪽밖에 보지 못했다

마음의 눈을 뜨면 온전한 무릎 얻을 수 있냐고
쭉정이도 알곡도 아닌 어정쩡이 어깃장을 놓는다
뜬눈으로 하룻밤을 지새우며

한이나 _ 1994년 《현대시학》으로 활동시작. 시집 《유리자화상》 《첩첩단풍 속》 《능엄경 밖으로 사흘 가출》 등이 있음. 한국시문학상, 서울문예상 대상, 내륙문학상. 2016년 세종도서 선정.

수런거리는 봄

허

림

건조장 지붕 틈새

봄 새 몇 몇

연애 하고 있다

울다가 비비다가 날다가 꼬리치다가 올라탔다가 깃을
털다가
울다가 비비다가 날다가 꼬리치다가 올라탔다가 깃을
털다가

하늘을 난다

막

봄이 수런거리기 시작했다

허 림 _ 강원 홍천 출생. 1988년 강원일보 신춘문예 시 당선. 1992년 《심상》 신인문학상으로 등단.
시집으로 〈신갈나무 푸른 그림자가 지나간다〉 〈노을강에서 재즈를 듣다〉 〈올통불통한 말〉 〈이끼 푸
른 문장을 읽다〉 〈말 주머니〉 〈거기, 내면〉이 있음.

허 문 영

애인愛人

볼 것은 보게 하고
못 볼 것도 보게 하고
지겨운 책도 읽게 하고 따듯한 밥도 먹게 하고
사랑하게도 하고 미워하게도 하고
그대를 통해 세상을 보는 투명한 감옥
생의 원근을 헤아려주고, 삶의 명암을 분별해주고
나의 철학
이미 한 몸이 된 사이
나의 애인
못 쓰는 시도 끝까지 쓰게 하고
나의 문학
다양한 시간이 다초점 렌즈에 서려 있다
내가 잠들었을 때 그대는 무엇을 보고 있니?
무엇을 생각하고 있니? 차라리 눈을 감고 있니?
나의 분신, 나의 사랑, 나의 미학
머리맡에 있는 그대에게
나처럼 슬픈 꿈도 꾸는지 묻는다

허문영 _ 1989년 《시대문학》 등단. 시집으로 〈내가 안고 있는 것은 깊은 새벽에 뜬 별〉 〈고슴도치 사랑〉 〈물속의 거울〉 〈왕버들나무 고아원〉 등. 춘천문인협회장 역임. 현재 시와소금 편집위원, 강원대학교 약학대 교수 재직 중.

그 눈

소금시

허

석

형체도 없고 실체도 없이
내 안의 나를 읽고 있는 그 눈
정직을 관찰하고
공의를 변별하는

못 본 척 감은 눈 뜨게 하고
칼을 세운 눈 풀어내고
헛거미 잡힌 눈 끌어내리는

말도 없고 귀도 없는 것이
죽비처럼

뿌리치려 해도 다시 따라와
죽어서야 사라질 그 눈
잘 살아낸다면
언젠가 그윽해질 그, 눈

허 석 _ 2012년 《문학세계》 등단. 국민일보 신춘문예 신앙시, 전북일보 신춘문예 수필 당선, 백교문학상, 농촌문학상 수상.

눈

허형만

눈을 뜨고 꽃을 보는 사람은 행복하다
그러나 그 꽃의 그늘과 고요를 보는 사람은 더 행복하다
나의 침침한 마음의 눈이여
뜨고도 보지 못하는 이 답답함이여
참으로 서럽고 부끄럽구나

허형만 _ 1945년 전남 순천 출생 1973년 《월간문학》 등단. 시집으로 〈비 잠시 그친 뒤〉 〈영혼의 눈〉 〈불타는 얼음〉 〈가벼운 빗방울〉 등 15권과 활판시선집 〈그늘〉이 있음. 한국예술상, 펜문학상, 한국시인협회상, 영랑시문학상 등 수상. 현재 목포대학교 명예교수. 한국시인협회 이사. 국제펜한국본부 자문위원. 서울시인협회 고문.

시력視力 검사

소금시

홍
사
성

한때는 촛불을 켜야 환하게 보였다

안경을 껴야 자세하게 보였다

눈을 크게 뜨면 뜰수록 더 잘 보였다

요즘은 촛불을 꺼야 환하게 보인다

안경을 벗어야 분명하게 보인다

눈을 감으면 감을수록 너머까지 보인다

홍사성 _ 강릉 출생. 2007년 《시와시학》 시 등단. 시집 《내년에 사는 법》이 있음.

홍일표

저수지

   대책 없이 큰 눈알이다 온종일 글썽이는 눈망울이다 몇몇 낚시꾼 하루종일 쪼그리고 앉아 물을 읽고 있지만 고작 물의 살점 몇 조각 떼어가질 뿐이겠지만 차갑게 식은 저녁의 몸 안에 수백 번 죽어 깊고 아득해진 누군가의 노래가 있다

   밀봉되었던 물의 살가죽이 갈라지고
이따금 새들이 우편엽서처럼 날아오르는 곳

   마른 밭을 갈던 노인의 등 뒤에서 봄은 연신 나동그라지고
너무 깊어 손닿지 않는 당신의 표정처럼
나는 여전히 가장 먼 아침인 것

   논두렁이 꿈틀, 자운영이 붉게 엎질러지는 순간

홍일표 _ 1988년 《심상》 신인상. 1992년 경향신문 신춘문예 등단. 시집 〈살바도르 달리풍의 낮달〉 〈매혹의 지도〉 〈밀서〉와 평설집 〈홀림의 풍경들〉이 있음. 지리산문학상, 시인광장작품상 등 수상.

6.25 낱장

소금시

홍
진
기

속눈썹 길게 적시며 눈물 뚝 뚝 떨어진다

빈 젖을 만지는 아기 손등이 젖고 있다

젖 없는
젖을 빨면서
아기 눈은 웃고 있다

비수로 살을 베는 어미의 짜운 눈물
식어가는 어미 가슴 눈물은 어이 뜨거웠나

눈물을
빨던 아기가
그만 "으앙" 크게 운다

홍진기 _ 1979년 《현대문학》시 등단. 1980년 《시조문학》 시조 등단. 한국문협. 한국시조시협. 오늘
의시조시인회의 등 자문. 시조집 〈낙엽을 쓸며〉〈무늬〉〈거울〉 등 8집 냄

황
미
라

파꽃

　뭐가 되겠어요
　고랑 깊이 발을 묻고 감성의 뿌리를 내리면 하얗게 피가
마릅니다
　어쩌면 세상은 파밭 같은지, 바라보면 서로의 눈시울만
붉어지는 이 쓰라림

　어리석은 키 재기에 텅 빈 세월 닮은꼴로 외롭게 매운맛
만 익혀도
　찬비 맞을수록 짙어오는 빛깔 하늘 향해 정직히 피워 올
리면
　몸뚱이보다 무거운 눈물 한 방울
　꽃이라 부르기엔 너무나 안쓰러운 파꽃이 핍니다

황미라 _ 1989년 《심상》으로 등단. 시집으로 〈빈잔〉 〈두꺼비집〉 〈스퐁나무는 사랑을 했네〉와 시화집 〈달콤한 여우비〉가 있음. 《표현시》 동인.

화인열전

― 최북 전

최북아 그림 한 장 그려다오
학 한 마리 표표히 창공을 날게 하고
기암절벽 장송은 안개에 가려 보이는 듯 마는 듯
폭포수 이룬 강엔 도화꽃잎 점점
경개 좋은 산수도 하나 그려다오
옜다, 네 재주 서속 서 말 값이면 후하리
대감 이런 부처가 있다는데요
천 개의 눈으로 천 개의 손으로 세상을 그린
그런 부처가 있다는데요
가난한 조상께 물려받은
두 개의 눈 두 개의 손 밖에 없는 이 칠칠이,
겨우 메추라기 정도만 그리지요
대감 바라옵는 세상을 어찌 다 그릴지요
고흐처럼 귀를 없앨까요 혜가처럼 팔을 자를까요
아니, 제 눈을 파버리지요
파버린 눈을 홉떠 그림을 그리지요
벌컥벌컥 남은 술마저 비운 후
먹물 뚝뚝 흐르는 붓을 들어 허공에 뿌리며
菩提本無樹 本來無一物*, 대감 덕에 이제사
그림다운 그림 한 장 그려봅니다, 그려.

* 菩提本無樹 明鏡亦非臺 本來無一物 何處惹塵埃 ― 육조 혜능

황상순 _ 1999년 《시문학》 등단. 시집으로 〈어름치 사랑〉 〈사과벌레의 여행〉 〈농담〉 〈오래된 약속〉
등이 있음. 2002년, 2007년 문예진흥기금 수혜. 한국시문학상 수상.

황
상
순

황
서
영

눈의 기억

향을 피우고서
엄마가 말했다.
"저 분이 너를 참 많이 안아줬단다."

아른아른 기억을 불러올 것 같은
따스한 저 웃음
잡힐 듯 잡힐 듯
보일 듯 보일 듯

아이, 생각이 안 나.
기억 그물에 손을 뻗어 봐도
유리액자 속
저 아줌마 얼굴이 없다.

또르르
!
눈물이 흘렀다.

잊었지만,
내 눈은 기억하나 봐.

황서영 _ 강원 춘천 출생. 건국대학교 대학원 동화미디어창작학과 졸업. 2006년 《월간문학》 동시 등단. 2008년 중편 동화 〈조태백 탈출사건〉으로 푸른문학상 '새로운 작가상' 수상. 동시집으로 〈네 머릿속엔 뭐가 들었니?〉와 청소년 소설집으로 〈복권반찬청춘일상〉이 있음.

시와소금 시인선 · 088

소금시 - 눈

ⓒ강영환 외, 2018. printed in seoul, korea

초판 1쇄 발행 2018년 4월 30일

지 은 이 강영환 외 127인
펴 낸 이 임세한
책임편집 박해림
디 자 인 유재미 정지은

펴낸곳 시와소금
출판등록 2014년 1월 28일 제424호
발행 강원도 춘천시 충혼길 20번길 4호 (우 24436)
편집 서울시 중구 퇴계로50길 43-7 (우 04618)
전자우편 sisogum@hanmail.net
팩스겸용 033-251-1195, 010-5211-1195

ISBN 979-11-86550-63-2 03810

값 13,000원

송금계좌 : 국민은행 231401-04-145670